REVENDIQUÉE PAR LES BERSERKERS

LEE SAVINO

LIVRE GRATUIT

Obtenez un livre secret sur les Berserkers, Imprégnée par les Berserkers (seulement pour les extraordinaires fans de la liste d'emails de Lee) Pour commencer, rendez-vous ici…
https://geni.us/BredBerserkerFR

REVENDIQUÉE PAR LES BERSERKERS

— Tu es à nous à présent, fille. Nous te revendiquons.

Mon esprit et mon corps sont affaiblis par le fléau de la magie. Mes trois sœurs sont en couple avec des guerriers Berserkers, mais je suis trop fragile pour être une conjointe.

Une nuit, trois guerriers pénétrèrent dans ma maison et m'enlevèrent.

À présent, nous sommes en cavale, loin de la meute. Ces guerriers me disent que je leur appartiens, et qu'ils ne me laisseront jamais partir. Pour me convaincre, ils passent des heures à me donner du plaisir sans limites...

Mais, un pouvoir malfaisant me tourmente. Il me veut pour lui seul et personne ne peut se mettre sur son chemin.

Excepté les Berserkers.

CHAPITRE 1

L'Homme Gris se tenait à l'orée du champ, me regardant. J'avais déjà aperçu des personnes de son genre auparavant, attendant et observant avec la tranquillité imperturbable d'un serpent. Je les appelais les « Hommes Gris » parce que leur peau était pareille, grise et tannée. Ils étaient tous grands et minces comme des tiges, recroquevillés en avant avec des yeux creux, fixés sur moi.

Je n'en avais pas vu depuis presque un an, mais cela ne m'avait pas étonné d'en trouver un qui me talonne maintenant, alors que j'étais de sortie au marché. Dans le passé, ils se montraient quand j'étais isolée, sans protection.

Je n'étais plus seule.

Déglutissant de manière appuyée, je me baissai entre les rangées de stands du marché, pour mettre de la distance entre l'Homme Gris et moi-même. Il pourrait me suivre, mais il était resté à la limite de la foire. Aussi longtemps que je ne m'éloignais pas du pré peuplé, il ne s'approcherait pas.

La tête de ma sœur jumelle s'agita devant moi alors qu'elle se pliait pour examiner les marchandises d'un villageois. Tandis que je me dirigeais vers elle, les gens détournèrent les yeux ou se dépêchèrent de dévier de mon chemin, pas à cause de moi, mais de grands guerriers me suivant à la trace. Mes gardes du corps étaient les imposants guerriers connus sous le nom de Berserkers.

— Regarde, Fleur, m'appela ma sœur.

Elle avait également un garde Berserker, un géant massif qui était aussi son compagnon. Il lui tournait autour, en projetant une ombre, mais elle l'ignora en grande partie et je fis la même chose avec mes deux gardiens, de grands hommes lourdement musclés, appelés Arne et Erik.

Alors que ma sœur, moi et les trois Berserkers étions réunis autour de la table remplie d'éclatants bouts d'étoffes, le propriétaire du stand déglutit et pâlit. En retrait, sa femme se rétrécit derrière son métier à tisser, cachant ses enfants et elle de nous, et faisant un signe de croix.

Muriel ne sembla pas le remarquer.

— Ce ruban serait parfait pour tes cheveux.

Elle tendit la bobine brillante d'un riche bleu sarcelle. Je penchai scrupuleusement ma tête et la laissa analyser la couleur contre ma natte. Je retins le commentaire sur le fait que rien n'aiderait mon insipide chevelure blonde, flasque et fine après mon dernier épisode de maladie.

— C'est adorable, déclara Muriel en papotant et je lui accordai avec moins d'enthousiasme.

Je n'avais pas besoin de rubans neufs ou de nouvelles parures. Je vivais dans une grotte dans la montagne, entourée d'une meute de guerriers grossiers, et non à la cour d'un roi ; mais je pris le vendeur et sa famille effrayée en pitié. Un achat les récompenserait de leur peine, même si je ne pouvais pas dissiper leurs peurs.

Le compagnon de Muriel se profila au-dessus d'elle, avec son visage marqué et la tête rasée, sa géante hache, et son air mauvais en désaccord avec son sourire joyeux. Muriel était si heureuse d'être en sortie au marché. Une année s'était passée depuis que nous avions été toutes les deux enlevées par les Berserkers, et c'était la première fois que nous étions autorisées à nous promener en dehors du territoire isolé des guerriers. Même si elle avait trouvé sa place dans la meute avec ses nouveaux compagnons, la civilisation avait manqué à Muriel.

— Des couleurs si vives, encensa Muriel à l'intention du marchand, qui agrippa le bord de sa table comme si c'était la chose le retenant de tomber à genoux. Comment faites-vous ?

— C'est une recette secrète, avec des épices provenant de l'est et des herbes de cette île même.

— Fascinant, continua Muriel. Et tellement beau avec tes cheveux clairs, Fleur.

Bien que Muriel et moi soyons jumelles, elle avait des cheveux noirs comme notre plus grande sœur Brenna, alors que les miens étaient en majorité de la nuance du foin telle notre sœur Sabine.

— Nous achèterons ça pour toi et le violet pour moi, annonça-t-elle en pointant du doigt, mais quand le commerçant se déplaça assez près pour lui tendre la bobine, le compagnon de Muriel laissa sortir un grognement.

Le vendeur fit tomber son offrande sur la table avec un bruit sourd.

— Pardonnez-moi, mon seigneur, s'exclama-t-il d'un ton tremblant.

— Tout va bien, rassura Muriel en prenant le rouleau de fil et en mesurant combien elle-même en voulait. Mon mari est protecteur.

Sursautant au cliquetis des armes des guerriers, le propriétaire de l'étal nomma son prix.

Nous quittâmes le vendeur intimidé, mais plus riche, et nous marchâmes jusqu'à un autre stand où de grands écheveaux de viande rôtissaient. Muriel sautillait, ses doigts emmêlés avec les énormes doigts de son compagnon. Elle discutait comme s'il ne lançait pas de coups d'œil furieux à tous les hommes qui contemplaient imprudemment de manière trop longue sa douce beauté.

Je restai silencieuse, regardant l'Homme Gris du coin de l'œil. Il avait bougé autour du pré afin de pouvoir me garder dans son champ de vision, mais il ne s'était pas approché. Avec les guerriers qui m'entouraient, j'étais en sécurité, mais mon estomac se tordit avec une sensation de mauvais augure. L'Homme Gris n'avait pas suivi mes pas depuis que les Berserkers nous avaient emmenées, Muriel et moi. Avant cela, quand mes sœurs et moi vivions seules dans une cabane à l'orée d'un petit village, j'avais repéré leurs silhouettes fantomatiques en permanence. Je me cachai d'eux du mieux que je pus, mais leur simple présence sembla me rendre malade et me laisser épuisée.

— Muriel, chuchotai-je quand nos trois gardes furent distraits. Vois-tu cet homme ?

— Où ? demanda-t-elle en gardant sa voix basse.

— Là, à l'orée du champ. Il nous regarde.

— Au-delà de l'étal du boucher ? questionna Muriel en jetant un coup d'œil en arrière.

— Oui, à la limite de l'enclos des animaux.

Les bestiaux avaient tous dérivé dans le coin opposé, loin de l'Homme Gris. Aucun des villageois n'allait près de lui non plus. Je décrivis l'étrange observateur et Muriel fronça les sourcils.

— Je vois un vieil homme qui s'appuie sur la barrière et les vaches dans le pâturage, mais personne avec la peau grise, comme tu as décrit.

L'Homme Gris se plaquait contre la clôture. Il se redressa quand il me vit lui jeter un coup d'œil.

— Regarde autre part, sifflai-je.

— Fleur, qui est-ce ?

— Je ne sais pas.

— Pas de fièvre, indiqua Muriel alors que je fermais les yeux et qu'elle posait sa main sur mon front. Es-tu sûre d'avoir vu une telle créature ?

— Oui. Pas grave.

Attirer l'attention de ma sœur sur lui la mettrait davantage en danger. Ce serait mieux pour moi de faire face seule à mon horrible vision.

Je picorai la nourriture que nos gardes nous avaient apportée, incapable de manger. Muriel retourna discuter avec son compagnon, me jetant des regards inquiets de temps à autre. Quand j'étais jeune, j'avais questionné ma mère et les adultes autour de moi sur les choses troublantes que je voyais, et j'avais appris rapidement qu'elles n'étaient pas réelles. À présent, je n'en parlais qu'avec Muriel et lui avais demandé de jurer de garder le secret. Mes deux autres sœurs s'inquiétaient assez de ma santé.

Alors que je m'asseyais, tentant d'ignorer l'Homme Gris, ma tête me pilonna comme si la lumière du soleil essayait de percer mon crâne. Mon estomac grogna, mais pas à cause de la faim.

— Quelque chose ne va pas, fille ? N'aimes-tu pas la viande ? demanda l'un de mes gardes en se penchant sur moi.

— C'est bon, monsieur, répondis-je en gardant les yeux baissés.

Des mains rugueuses et tatouées se tendirent pour attraper mon bol et ma peau picota comme elle le faisait toujours à proximité de ce Berserker. Il fut le premier guerrier que j'avais rencontré quand il émergea dans notre cabane et m'emporta dans la nuit. Erik était un Viking qui avait vécu assez longtemps sur l'île pour prendre un léger accent. Il avait une barbe noire taillée soigneusement et des tatouages qui couraient le long de ses bras musclés.

— Quelque chose sent le pourri. Qu'en penses-tu, Arne ?

Erik passa mon écuelle à un second garde, un guerrier à la peau couleur bronze avec une tête chauve et un nez crochu comme le bec d'un aigle. Arne n'était pas un Viking et il ne provenait pas d'Alba, mais de lointaines terres dont je n'avais jamais entendu parler. Avec sa teinte sombre et sa beauté exotique, il se détachait des autres guerriers à la peau pâle. Une plume pendait de son oreille percée.

— Je le sens aussi. Ce n'est pas la viande.

Arne leva sa tête, parcourant rapidement le marché. Mon estomac se serra en panique. Mon instinct me disait que l'Homme Gris était dangereux, mais je ne pouvais pas permettre aux Berserkers de le humer, leur rage violente les submergerait. S'ils faisaient face à un ennemi ici, dans un endroit bondé, des personnes innocentes pourraient mourir.

— Peut-être que nous devrions visiter l'autre côté du marché, lâchai-je en commençant à me déplacer.

Mon dos picota, l'Homme Gris observait encore.

Le vent tourna et l'émanation de pourriture se mêla à l'odeur de rôti qui me suivit, mais disparut quand mes deux gardes s'attroupèrent plus près.

— Y a-t-il autre chose que tu souhaiterais acheter ? questionna Erik, marchant au même rythme que moi.

Je faisais deux pas pour un des siens.

— Non, monsieur.

Il n'y avait rien dont j'avais la nécessité. Mes sœurs avaient leurs compagnons, une paire de maris chacune, pour lesquels se faire belles. Avec ma silhouette famélique et mon apparence chétive, je ne pouvais pas paraitre jolie, et ce, peu importe les efforts qui j'y mettais.

— Rien du tout ? Nous avons assez d'or pour t'acheter tout ce dont tu as besoin.

Il balaya la main pour inclure tout le marché animé.

Je soupirai. J'étais supposée choisir du tissu pour une nouvelle robe. Mes sœurs la confectionneraient pour moi. La mi-été approchait. Ma précédente fièvre s'était terminé une lune auparavant, et bientôt on attendrait que je prenne un Berserker pour compagnon. Les Alphas étaient en train de décider qui me revendiquerait. La dernière fois, ils avaient organisé de grands Jeux pour ma sœur Muriel, et elle avait été offerte. Heureusement, elle semblait épanouie avec ses deux compagnons.

Les Berserkers réclamaient droit sur leurs concubines par paire, et mes sœurs et moi étions les seules femmes capables de briser la malédiction de ces guerriers. Nous avions une légère magie latente qui apprivoisait la bête monstrueuse qui donnait leur force aux Berserkers et qui leur prenait toute chance d'exister en paix. La meute avait été à deux doigts de céder à la folie avant de nous trouver, mais à présent, ils avaient l'espoir de mener une vie normale.

Muriel, Sabine et Brenna avaient toutes été revendiquées. Bientôt, ce serait mon tour.

Si je vivais assez longtemps.

L'Homme Gris marcha à nouveau d'un pas raide au bord du champ, me suivant.

Accélérant mon rythme, je tournai le coin et me heurtai à un large chien noir, une bête magnifique qui arrivait bien à ma taille.

Pas un chien. Un loup. Un Berserker.

Les gens autour de nous se turent et s'éloignèrent rapidement. Je ne savais pas ce qui les rendait plus mal à l'aise, les grands guerriers grossiers fronçant les sourcils et touchant leurs marchandises, ou le loup massif se baladant entre les étals.

— Gunnr, souris-je.

C'était le seul Berserker avait lequel je me sentais confortable pour parler. Il était toujours sous sa forme de loup.

Le guerrier-loup s'enfonça doucement contre mes jambes et j'enfouis mes mains dans son épaisse fourrure. Il ne s'écarta pas de mon chemin, je m'agenouillai donc pour regarder son visage et croiser ses yeux dorés, contrairement à tout loup ordinaire. Contre nature et intelligent.

Il me fixa comme s'il savait que quelque chose n'allait pas.

— Fleur ? Où te rendais-tu d'un pas si pressé ?

Une ombre me tomba dessus alors qu'Erik et Arne m'encadraient une fois de plus.

— Nulle part. Je pensais juste avoir vu...

Une douleur me transperça le crâne et je plissai les yeux face au soleil. Quelque chose dégoulina sur mon visage, je touchai mon nez et mes doigts devinrent rouges. Du sang.

Gunnr gémit.

Je levai la tête. L'Homme Gris se tenait à cinq pas de là. Il avait des yeux plats et ternes. Les globes d'un mort. Il dressa une main osseuse et me pointa du doigt.

Mon crâne palpita à nouveau.

— Fleur, qu'est-ce qui ne va pas ? demandèrent mes gardes en se coupant la parole. Que se passe-t-il ?

Du métal crissa alors qu'ils sortaient leurs armes.

— Non, ce n'est rien, ne faites de mal à personne...

Mon estomac vacilla lorsque je marmonnais des mots. Le monde s'inclina et mes pieds ne touchèrent plus le sol ferme. Mes jambes se tordirent alors que les tremblements prirent possession de mon corps.

J'agrippai Erik, ouvrant ma bouche lorsque je vis son expression déchaînée, essayant de lui dire que j'allais bien, que j'avais déjà eu des crises auparavant. Ma tête vola en arrière, mes dents se heurtant à chaque convulsion.

— Fleur !

— Vite, attrape-la...

Des mains puissantes tinrent mes bras. Un corps ferme se plaça dans mon dos, des bras gentils me mirent en cage.

Les tremblements diminuèrent. J'étais dans le giron d'Arne, la tête bercée dans le creux de son coude.

— Que s'est-il passé ? demanda Muriel en se précipitant.

— Elle va bien, rassura Erik, lissant mes cheveux en arrière.

— Je l'ai, répéta Arne en me soulevant. Nous partons. Cette excursion est finie.

CHAPITRE 2

*A*lors que le groupe bougeait à travers la forêt, je reposai mon front contre l'épaule musclée d'Arne. Sa peau avait une odeur forte et terreuse, avec une touche d'épices. Je levai ma tête et croisai ses yeux scintillants. Sa rage Berserker était proche de la surface, menaçant de se libérer. Pourtant, il était magnifique, ses globes dorés brillaient dans l'ombre de la profondeur des bois.

— Quelque chose t'a terrorisée là-bas, dit-il doucement. Tu allais bien à notre arrivée.

— C'était la chaleur, chuchotai-je, en baissant les yeux. Le soleil et tous ces gens.

— Ne me mens pas, balança-t-il alors que ses rétines étincelaient. Tu avais peur. Je pouvais le sentir. Tu as vu quelque chose au marché et ça t'a flanqué la trouille.

Avant que je puisse le nier, il appela Erik.

— Prends-la, indiqua Arne en me passant au guerrier tatoué, puis retourna vers la foire.

— Que fait-il ?

— Il y retourne juste pour trouver ce qui t'a effrayée,

m'informa Erik en me tenant plus près. T'inquiète pas pour Arne, fille. Il peut faire attention à lui.

— Tu n'as pas à me transporter, déclarai-je en rongeant ma lèvre alors que les enjambées déterminées d'Erik nous amenaient plus loin dans la forêt. Je peux marcher.

— Je sais, petite Fleur, répondit-il, mais il ne me posa pas.

J'enfilai mon bras autour de ses épaules. Cette fois, je fis attention de ne pas regarder dans les yeux le guerrier qui me portait. Les loups avaient des règles strictes qui dictaient quelle place chacun avait dans la meute. Observer un loup plus fort dans les yeux serait considéré comme un défi pour la domination, et se terminerait en combat ou en une punition devant toute la horde. Même si mes sœurs et moi étions des femelles et étions chéries, les Alphas nous avaient prévenues que jusqu'à ce que les Berserkers soient plus stables, que leur nature sauvage ou ce qu'ils appelaient « la bête », soit apprivoisée, les codes s'appliquaient toujours. Les seuls loups dont mes sœurs pouvaient croiser le regard étaient leurs compagnons.

Après quelques minutes de voyage sur le chemin entre les arbres, il se raidit et quitta le sentier tracé. Derrière nous, Muriel et son compagnon avaient disparu.

— Où allons-nous ?

— Arne a vu quelque chose au marché qu'il n'a pas aimé. Nous changeons de trajet.

— Mais... commençai-je, mais ma protestation se volatilisa.

Les Alphas nous avaient prévenues, mes sœurs et moi, des dangers d'être seule avec un des guerriers, mais j'étais impuissante pour contrarier celui-ci. Il valait mieux ne pas le défier.

— Ta sœur sera en sécurité avec son compagnon. Nous nous séparons.

Erik quitta le chemin et se précipita entre les épais pins, se baissant entre les branches pendant que je m'accrochais.

— Ne t'inquiète pas, me consola-t-il, aussi calme que si nous faisions un agréable voyage et non pas comme si nous slalomions entre les arbres alors que quelque chose nous pourchassait. Qu'importe ce que c'est, Arne s'assurera de le dérouter. Il est le meilleur éclaireur de la meute. Nous sommes souvent envoyés en mission ensemble.

— Tu es son frère d'armes ? demandai-je en fixant ses lèvres, pleines et parfaitement dessinées, au lieu de croiser son regard.

— Ouais. Il m'a sauvé la vie, je lui ai sauvé la sienne. Le lien s'est alors formé entre nous, et nous sommes plus proches que des frères.

Je déglutis. Mes sœurs m'avaient expliqué un peu les liens, des lignes psychiques qui reliaient les membres de la bande les uns aux autres. Avec le temps, la magie de la meute avait permis à deux guerriers de tisser des liens plus proches et plus forts entre eux. Ces liens fraternels les aidaient à rester en vie. Si l'un des guerriers commençait à succomber à la rage des Berserkers, son frère d'armes serait là pour l'équilibrer et l'éloigner de la noirceur.

À moins que la bête les consume tous les deux et qu'ils deviennent fous jusqu'à ce qu'ils meurent.

— Calme-toi, fille. Il n'y a rien à craindre dans ces bois, à part, peut-être moi, corrigea-t-il en me souriant, dévoilant une paire de dents très blanches et très pointues.

Cela fit battre plus fort mon cœur, mais pas uniquement de peur.

Une ombre bougea sous les taillis.

Je me cramponnai au Viking.

— Quelque chose nous suit.

— C'est seulement Gunnr.

Alors même qu'Erik parlait, le loup fonça en dehors du

fourré et y rentra à nouveau, ne faisant aucun bruit sur ses pattes géantes.

— Il court derrière pour nous protéger. Tu es en sécurité, petite Fleur.

Je n'articulai rien. Un an auparavant, je craignais les Berserkers plus que n'importe laquelle de mes visions. Aujourd'hui, je n'étais pas si sûre. Mes sœurs m'avaient dit que bien qu'elles aimassent leurs compagnons, au début, elles avaient eu peur d'eux. Bien évidemment, de ce que je pouvais en dire, quand les Berserkers revendiquaient leurs partenaires, les femmes n'avaient pas leur mot à dire.

À présent, mes sœurs étaient toutes unies, c'était mon tour.

Quand nous atteignîmes un petit bois tacheté de soleil, l'allure d'Erik ralentit.

— Nous pouvons nous arrêter là pour nous reposer.

Une grande silhouette sortit de derrière un arbre et je sursautai. Il fit un pas dans la lumière, une plume pendait au dos de son oreille en plus de celle accrochée à sa boucle d'oreille.

— Arne, soufflai-je de soulagement.

Souriant, il vint s'accroupir près de moi. Ses dents étaient blanches, comparées à sa peau couleur bronze.

— Je t'ai manqué, petite fleur ?

Tendant la main, je retirai la plume de derrière son oreille. Je n'avais jamais vu un motif si fascinant.

— Garde-la, dit-il.

— Où sont les autres ? demanda Erik.

— À mi-chemin de leur maison près de la montagne. C'était comme je m'y attendais. Qu'importe ce qu'était la présence malfaisante, elle ne les a pas suivis. Elle voulait Fleur.

Gunnr grogna et la voix d'Erik devint lourde et gutturale.

— Qu'est-ce que c'était ?

— Je ne sais pas, indiqua Arne. Demande-lui.

— L'as-tu aperçue ? questionnai-je.

— Non. Elle s'est dissimulée de moi d'une certaine manière. Mais je l'ai sentie s'attarder à l'orée du chemin où nous t'avons emmenée. Puis, elle s'est déplacée au travers du marché tel un mauvais vent. Les humains ont évité sa route.

— Muriel l'a vue. Elle pensait que ça ressemblait à un vieil homme, les informai-je.

— À quoi cela s'apparente-t-il pour toi ?

Je décrivis l'Homme Gris et attendis que les guerriers se moquent. Au lieu de ça, ils échangèrent des regards sombres.

— Qu'importe ce que c'est, il a des pouvoirs, indiqua Arne. Je ressentis sa malveillance.

— Nous nous reposons ici jusqu'à être sûrs qu'il ne nous suit pas. Puis, nous retournons à la maison voir la meute, annonça Erik.

— Je vais surveiller les alentours, dit Arne.

Gunnr marcha avec lui en allongeant le pas alors que le guerrier chauve faisait le tour du périmètre.

Je roulai mes bras autour de mes jambes, me sentant encore un peu malade. Quiconque était l'Homme Gris, Arne avait raison, il me voulait. Je serais dans son emprise si les Berserkers ne m'avaient pas gardée. Les autres fois que j'avais repéré les Hommes Gris, ils s'étaient attardés, nous regardant mes sœurs et moi, mais ne s'étaient jamais approchés. Si j'avais su qu'il allait attaquer, je me serais enfuie. S'il en avait après moi, je mettais tout le monde en danger.

Mon crâne palpitait encore. J'essuyai mon nez avec ma manche, souhaitant qu'il n'y eût pas de sang séché.

— Laisse-moi faire, proposa Erik en s'agenouillant devant moi.

Il prit mon menton et renversa ma tête pour laver mon visage d'un tissu mouillé. Ses gestes étaient doux pour un guerrier si costaud.

— Merci, articulai-je quand il eut fini, espérant qu'il recule.

Le fait qu'il soit proche fit chauffer mes joues.

Les tatouages étaient entortillés sur le muscle allongé et côtelé de ses bras nus. Son justaucorps en cuir était étiré sur les muscles de sa poitrine. Il était un Berserker, un guerrier puissant âgé de plusieurs siècles. Rapide, brutal et monstrueusement fort, pourtant, aussi robuste et beau qu'un homme. Depuis le jour où il avait pénétré dans notre maison et m'avait emportée, je le fascinais.

Ses yeux se rétrécirent alors qu'il m'observait et que je l'étudiais.

— Cette chose... L'Homme Gris... t'a rendue malade.

— Je suis souvent malade. Ça n'a rien de nouveau.

— T'essaies de cacher ta maladie, lança-t-il en m'analysant.

— Mes sœurs savent déjà que je suis faible, expliquai-je en pressant mes lèvres ensemble. Elles ont leurs compagnons personnels à présent. Je ne souhaite pas les inquiéter.

Il n'était pas nécessaire qu'ils connaissent la vérité, que j'eusse vu ma propre mort. Je ne vivrais pas beaucoup plus longtemps. J'étais reconnaissante d'avoir existé assez longuement pour constater que mes sœurs étaient toutes en couple et heureuses.

— Tu ne prends pas soin de toi, déclara Erik en pressa un bout de viande séchée dans ma main. Tu as besoin de manger.

Attrapant mon poignet, il le dirigea, ainsi que la bande de chair, vers ma bouche. Quand je ne pris pas une bouchée, il désapprouva.

Mes sourcils se contractèrent alors même que mon pouls trébuchait sous sa ferme poigne.

— Es-tu supposé me toucher ?

— T'aimes ça, sourit-il.

— Les Alphas nous ont prévenues, mes sœurs et moi, sur le fait de montrer des faveurs à un Berserker, l'informai-je refusant d'être appâtée. Cela rendra jaloux les autres et causera des problèmes. Si la meute découvre que nous avons passé du temps seuls ensemble, ils seront fâchés contre toi.

— Inquiète pour moi, fille ?

— Je ne souhaite pas provoquer des combats, rectifiai-je en prenant une bouchée de viande. Il me laissa, mais resta tout de même près.

— Ton unique présence est suffisante pour entraîner des bagarres. Tous les guerriers sans compagne veulent être avec toi. Mais t'inquiète pas, fille, mon frère de guerre sait comment nous défendre dans les accrochages avec le reste de la meute.

— En ce qui concerne le fait de te toucher maintenant, nous te ramenons uniquement à la maison en sécurité, réchauffée et nourrie, indiqua-t-il en poussant mon bras, un ordre silencieux pour que je continue à manger. Aucun écart à trouver.

— C'est seulement nous trois, et nous sommes des frères d'armes. Nous partageons un lien et il n'y a pas de place pour la jalousie. Si tu appartenais à l'un de nous, tu nous appartiendrais tous.

— Je ne dépends d'aucun d'entre vous, prononçai-je en avalant ma bouchée et fronçant les sourcils.

À ces mots, il sourit simplement et glissa un brin de cheveux derrière mon oreille. De la chaleur s'attarda à l'endroit où ses doigts avaient effleuré ma joue et ma tempe.

— Mange, petite fleur, sollicita-t-il en portant une autre bande de viande à mes lèvres.

Mon estomac se retourna à sa proximité et son ton ferme, mais je réussis à mâcher quelques bouchées.

— Voilà, déclara Arne en s'accroupissant près de moi, me présentant ma nourriture favorite.

— Des gâteaux au miel.

— Tu aimes ça, dit Erik.

— Tu m'as observée, protestai-je en prenant un petit bout du bord d'un des biscuits.

— Tu as remarqué que nous t'observions, corrigea Arne avec un sourire suffisant et passa une main sur sa tête lisse.

Avec sa coloration exotique et ses yeux, il était vraiment magnifique.

Je me souvins trop tard de baisser mes yeux.

— Tout va bien, fille, indiqua Erik d'un ton amusé. Tu peux nous regarder.

— Je pensais que cela exciterait la bête. Je ne veux pas vous tenter.

— Trop tard, murmura Arne.

— La bête apprécie ton attention, m'informa Erik en se penchant plus près.

Je posai le gâteau au miel contre ma bouche afin de cacher mes joues rougies.

— Regarde-moi, Fleur, ronronna Erik, et il envoya des frissons le long de ma colonne. Je te défie de le faire.

Mordant ma lèvre, je le fis. Contemplant les tréfonds dorés, je me perdis.

— Bonne fille, m'encouragea le guerrier barbu.

Quand la main d'Arne frôla mes épaules, je sursautai et m'immobilisai comme un lapin effrayé.

— Doucement, m'apaisa-t-il.

— Je pense encore que vous ne devriez pas me toucher, marmonnai-je.

Je n'avais pas peur d'eux, pas vraiment. De la chaleur s'enroula en moi comme s'il avait déclaré un feu de forêt qui débutait sur ma peau et se précipitait au travers de mon corps, réchauffant mon cœur. Mes tétons picotèrent.

— Pourquoi pas ? Aimes-tu ça quand nous te touchons ?

Ils pouvaient sentir si je leur disais la vérité.

— Je ne sais pas, soufflai-je en émiettant le gâteau au miel avec mes doigts. C'est interdit. La meute n'a pas sélectionné un compagnon pour moi.

— N'as-tu pas entendu ? questionna Erik en posant sa main sur la mienne. Les Alphas se sont réunis à la dernière pleine lune et ont décidé. Tu as jusqu'à la nuit de la mi-été pour rencontrer tout le monde dans la horde. Et puis, tu devras choisir un compagnon.

— Quoi ? postillonnai-je à cause de la précédente bouchée, qui se coinça dans ma gorge.

— Ne t'ont-ils pas dit ? demanda Erik en jetant un regard à Arne qui haussa les épaules.

— Peut-être qu'ils patientent jusqu'à ce que le jour soit plus proche, au cas où tu tombes malade. Au milieu de l'été, tu seras mariée. La meute entière attend ta décision.

Je mis ma main sur mon ventre, me sentant déjà souffrante.

* * *

— Je ne comprends pas, racontai-je à Muriel quand nous fûmes de retour en sécurité sur la colline.

La meute m'avait offert une chambre entière quand ils m'avaient ramenée à leur maison. Les pièces avaient été sculptées dans un flanc de la montagne par des créatures depuis longtemps disparues. Ma plus grande sœur Brenna avait ses quartiers personnels avec ses compagnons et ses enfants. Muriel vivait à côté avec ses propres compagnons et nous rendait souvent visite.

— Je pensais que les Alphas me donneraient en tant que récompense à un guerrier puissant, comme tu l'as été.

— Sois contente, Fleur. Les Alphas t'autorisent à choisir un partenaire.

Y avait-il une touche d'amertume dans le ton de Muriel ?

— Et si je ne souhaite pas en élire un ?

— Alors les Alphas en désigneront pour toi, répondit Muriel en retroussant ses lèvres.

Je frottai ma tête, qui n'avait pas cessé de palpiter depuis l'incident avec l'Homme Gris.

— Nous forcer à marier des Berserkers... c'est de la folie.

— C'est nécessaire.

— Je ne suis pas compétente pour être une compagne.

Je n'avais pas eu de crises depuis le marché, mais la bande entière était au courant de mes maladies subites et le danger inconnu qui avait tenté de me suivre. Nous avions l'interdiction de visiter le village jusqu'à ce que la meute en sache plus sur la menace.

Encore une autre raison pour que Muriel m'en veuille.

— Je suis la plus faible de nos sœurs.

— Cela importe peu. Tu choisiras un compagnon. Ils en ont besoin. Quelque chose en nous, notre pouvoir, permet à leur bête de dormir. Nous équilibrons leur rage violente.

— Pourquoi ne me donnent-ils pas simplement en partage à toute la horde, un Berserker différent chaque nuit ? soufflai-je.

— Si tu le demandais, ils te l'accorderaient, déclara Muriel alors que ses sourcils se soulevaient.

— C'était une plaisanterie. Je ne veux pas de partenaire et encore moins la meute entière, soupirai-je, car ma jumelle était toujours si sérieuse.

— Bien, tu devras choisir.

Muriel plia ses mains devant elle avec raideur, une image de responsabilité. Elle était la jumelle forte.

Je n'avais jamais été solide. Les maladies, les visions et à présent, des ennemis, j'étais lasse de tout ça. Peut-être qu'il serait bon pour moi de mourir jeune.

Il semblait que je n'échapperais pas à cette vie sans avoir, au minimum, à choisir un partenaire.

Depuis l'annonce des Alphas, les guerriers qui me gardaient, tout le temps des hommes différents, ne me laissaient pas isolée. Ils me donnaient des fleurs, des bagues de bras en or et les peaux d'animaux les plus douces. Aux repas, ils empilaient des gâteaux au miel devant moi jusqu'à ce que j'en sois écœurée.

Toute cette attention me fit souhaiter de pouvoir m'éclipser pour succomber seule, tel un animal. Ou juste disparaitre pour toujours. Mes sœurs pleureraient, mais ne sauraient jamais mon vrai destin.

Si j'étais courageuse, j'aurais raconté à la meute la vision de ma mort. Mon corps était rigide et immobile dans une tombe. Bien que je n'eusse pas vu les Hommes Gris, je savais qu'ils faisaient partie de mon trépas.

* * *

LES JOURS s'allongèrent et j'attendis de voir davantage d'Hommes Gris. Des visions d'eux remplissaient mes rêves durant la nuit jusqu'à ce que j'ose à peine dormir. Ma grande sœur Brenna commenta à quel point je paraissais pâle et malade, et parvint à convaincre ses Alphas de me déplacer dans une cabane plus récente au pied de la montagne. Ils déduisirent que là-bas je pourrais apprécier l'air frais et je pourrais être plus facilement courtisée par la meute.

Au début, je craignis encore plus les Hommes Gris, mais, alors que la lune croissait et déclinait, aucun n'apparut. Quelle que soit la magie qu'avaient les Berserkers, elle gardait à distance les êtres malveillants. C'était une raison d'être reconnaissante envers ma nouvelle vie en tant que membre de la horde.

Mais mes maux de tête continuaient, ainsi que les saignements de nez. Je trouvais la nourriture de moins en moins tentante. Je ne dormais pas la nuit, alors je somnolais le jour et me réveillais tremblante de mes cauchemars.

Je cachai ma maladie aussi bien que je le pus, mais d'ici peu Brenna et ses Alphas appelèrent Sabine qui vivait à quelques lieues. Ma sœur blonde arriva avec ses deux compagnons, la paire d'Alphas de la meute Lowland. Elle se tracassa pour moi, là où j'étais posée dans la hutte, faible du jeûne.

— Une fièvre, mais rien qui n'ait pas déjà été vu. Depuis combien de temps est-elle léthargique ?

— Elle a été malade auparavant, murmura une voix d'homme, l'un des Alphas.

— Jamais comme ça, corrigea Sabine. Quoique soit cette fièvre, cela ne réagit pas aux herbes habituelles que je lui donne. Elle est plus maigre aussi. Ne l'alimentez-vous pas ?

— Bien sûr qu'ils la nourrissent, la calma le compagnon de Sabine.

— Son déclin a débuté quand la meute a commencé à lui faire la cour de manière sérieuse, continua l'Alpha des Highlands. Peut-être, la pression de devoir faire un choix…

— Nous avons patienté aussi longtemps que nous pouvions avant de lui dire qu'elle devait prendre un compagnon, déclara un autre Alpha. Nous ne pouvons plus attendre. La horde a besoin d'elle.

— Personne ne pourra s'accoupler avec elle, si elle meurt, dit Sabine d'un ton sec, du fait du caractère explosif de ma seconde sœur la plus âgée. Laissez-moi pour que je fasse mon travail.

Les voix s'estompèrent ensemble avant de disparaitre. Sabine me fit prendre place et boire un peu de bouillon. Brenna et elle me lavèrent et entassèrent des cataplasmes sur ma peau chaude. La cabane se remplit de l'odeur d'herbes curatives qui brulaient sur le feu.

Mais ma fièvre ne se brisa pas. Je ne sus pas combien de

jours passèrent avec elles prenant soin de moi, s'asseyant à veiller et attendant que leur affection laisse des séquelles.

— Je suis en train de périr, voulus-je leur dire. Préparez un bûcher funéraire.

Les Hommes Gris n'avaient pas besoin de s'approcher pour provoquer ma mort. Quel que soit le sort qu'avait lancé le dernier au marché, il tenait bon. La maladie brulait profondément dans mes os, gerçant mes lèvres, asséchant ma peau comme de vieilles feuilles.

Mes sœurs se faisaient du souci pour moi et parlaient à voix feutrées. Elles voulaient appeler la sorcière, mais avaient peur de la laisser s'approcher de moi dans mon état affaibli. Les Alphas n'étaient pas sûrs de savoir si l'envoûteuse était une amie ou une ennemie.

Mes sœurs dormaient à tour de rôle, quittant mes côtés uniquement lorsque leurs compagnons les éloignaient pour manger et renouveler leurs forces. Quand je demandai à être seule, Muriel pleura, mais les trois honorèrent ma requête.

Cette nuit-là, je me réveillai en voyant une personne indistincte se pencher sur mon lit, et je fis faiblement un mouvement en arrière.

— Reste tranquille, murmura une voix grave qui me caressa les oreilles.

Des mains foncées soulevèrent une bougie et éclairèrent les sourcils noirs, les yeux dorés et le visage éclatant d'un Berserker familier.

— Petite fleur, continua-t-il de son ton sérieux, et il posa une main sur mon front.

Il sentait le cèdre et les épices, et une distincte odeur fraîche et froide, telle une nuit d'hiver illuminée seulement par la lueur des étoiles.

— Arne, réussis-je à articuler son nom, mais je n'eus pas l'énergie d'en dire plus.

À l'extérieur, un loup hurla, sa voix triste jointe par deux ou trois autres.

— Je n'ai pas beaucoup de temps, commença-t-il en s'agenouillant à côté du lit, en prenant quelque chose dans le sac exigu de cuir qu'il portait autour du cou. Tes sœurs dorment sous la protection de leurs compagnons, mais j'ai quand même dû me faufiler entre tes gardes. Mon arrière-grand-mère était une femme sage. Elle avait la magie de la terre. Elle m'a appris comment repousser le mal.

Lissant mes cheveux en arrière, il mit en contact un nœud de bois et des feuilles séchées avec mon front et mes lèvres avant de mettre l'amulette sur mon torse.

— Je pense que tu as accueilli un esprit malfaisant au marché du village.

— C'est arrivé auparavant, chuchotai-je. Les Hommes Gris viennent. Ils essaient de m'enlever. Je lutte autant que je peux...

Je toussai et il posa sa grande main sur ma poitrine, pressant le talisman. Le bruit de ferraille dans mes poumons cessa, mais il laissa sa main là alors que mon corps se détendait sous sa chaleur et son poids protecteur.

— Tu n'auras plus à te battre. Mes frères et moi te surveillerons à présent.

— C'est vrai ?

La lueur vacillante de la bougie saisit les bords de son sourire.

— Oui. Tu es sous notre surveillance.

— Pourquoi ? demandai-je alors que d'une main faible, je touchais la sienne à l'endroit où elle était fixée sur mon cœur.

— Parce que tu nous appartiens, déclara-t-il en pressant ma main et la retournant, il y plaça le talisman et referma mes doigts autour. Assez. Repose-toi maintenant.

Ses lèvres frôlèrent ma joue.

— Plus de maladie ou de souffrance. Tu te reposeras.

Mon corps se détendit à son ordre. Je tombai dans le sommeil tellement rapidement que je pensai avoir rêvé du grand guerrier se changeant en aigle et s'envolant au loin par le trou de fumée dans le toit de la cabane.

* * *

À L'AUBE, Sabine rampa jusqu'à mes côtés. J'avais caché le cadeau d'Arne sous ma hanche. Elle était si contente que la fièvre soit tombée, elle ne questionna pas pourquoi. Cet après-midi-là, je mangeai et bus normalement, et dans les quelques jours qui suivirent, je regagnai la majorité de ma force.

La lune se leva et brilla au travers du trou au sommet de la hutte, mais l'aigle ne revint pas. Arne non plus. Je palpai son talisman sous la robe qui me recouvrait. Mes sœurs insistèrent pour passer la nuit avec moi, mais je dormais mieux quand j'étais seule. J'imaginai Arne posé à côté de moi, un bras fort me tenant contre son corps.

Je n'eus plus de cauchemars sur les Hommes Gris. À la place, je rêvais d'Arne et d'Erik, avec le loup Gunnr à leurs côtés.

* * *

DEUX NUITS avant le milieu de l'été, les Alphas vinrent avec Sabine à leurs côtés. La meute attendait encore de moi que je choisisse un compagnon.

— Elle est trop faible, protesta Sabine.

— Non, je peux le faire, rassurai-je, mais ma voix était légère, ils parlèrent au-dessus de moi.

— Vous devez différer, elle a besoin de récupérer. Elle a besoin de plus de temps.

— Nous n'avons pas plus de temps, explosa un des Alphas

depuis son siège. Il fit les cent pas dans la cabane, passant une main dans ses cheveux. La meute devient désespérée, en manque d'affection. Ils se battent, chaque jour, il y a davantage de combats.

— Je peux le faire, répétai-je en insufflant autant de pouvoir que je pus dans ma voix.

Cela résonna au plafond et tout le monde me regarda.

— Vous avez besoin que je prenne un compagnon. Je ferai de mon mieux. Je choisirai quelqu'un de la meute... bientôt.

— Fleur, es-tu sûre ? demanda Sabine en se penchant en avant.

L'un de ses compagnons, un guerrier féroce avec des tatouages bleus, mit sa main sur son bras pour la retenir.

— Tu n'en connais pas beaucoup de la bande.

— Je ferai de mon mieux.

— Ton courage ne passe pas inaperçu, Fleur, indiqua un Alpha. Ces guerriers se tiennent à tout espoir pour trouver une compagne qui apprivoisera leurs bêtes. Pour autant que nous sachions, tes sœurs et toi êtes les seules femmes sur l'île avec cette capacité.

— Je comprends.

— Nous avons rassemblé une grande partie des guerriers. De la Meute Highland et de la Meute Lowland. Des hommes bien. Tu sélectionneras l'un d'eux comme compagnon, expliqua l'Alpha.

— Ou deux. Rappelle-toi que le guerrier que tu choisis peut avoir un frère d'armes. Leur lien de proximité leur permettra de te partager, ajouta le partenaire tatoué de Sabine.

— Je peux opter pour n'importe quel guerrier de la meute ? demandai-je.

— N'importe quel guerrier qui est assez fort pour te prendre en tant que partenaire, répondirent les Alphas après avoir hésité. Nous avons éliminé ceux qui ont des difficultés et pourraient bientôt être submergés par leurs bêtes.

— Demain, nous t'emmènerons au terrain pour regarder les jeux. Pas pour ce que tu crois, rassura l'Alpha en levant une main. Tu ne seras pas offerte au vainqueur.

Une lune ou deux auparavant, les Berserkers avaient tous concouru pour ma sœur Muriel. Le plus puissant d'entre eux avait gagné sa main au combat.

— Nous voulions te donner une chance de regarder les guerriers. Peut-être, marcher parmi eux et les saluer.

— Peux-tu faire ça, Fleur ? Es-tu assez forte ?

Je soupirai secrètement. J'étais assez robuste pour parcourir le terrain et parler aux guerriers, et en dis autant aux Alphas. Mais je ne pouvais pas choisir un partenaire. Je lui donnerais trop de chagrin quand sa femme ne vivrait pas une autre saison.

Le jour d'après, Sabine et Muriel vinrent me préparer. Elles tressèrent mes cheveux en une couronne, tout en fronçant les sourcils et se tracassant pour mon corps mince. Enfin, elles m'habillèrent d'une nuisette et d'une robe couleur crème.

— Fleur, tu es adorable, sortit ma jumelle sans pouvoir empêcher la surprise dans sa voix.

— Un peu plus de nourriture et de repos, et ta beauté nous surpassera toutes, ajouta Sabine.

— Merci, répondis-je, bien que le reflet dans l'eau du bain la contredise.

J'étais trop maigre, avec des cercles noirs sous mes yeux, mais j'étais en vie et mon esprit n'était plus hanté par la malédiction de l'Homme Gris.

— S'il vous plait, réclamai-je en tendant la plume que m'avait offerte Arne. Tresseriez-vous ça dans mes cheveux ?

— Bien sûr, s'exclamèrent mes sœurs, paraissant

contentes que je fasse une demande, pourtant Sabine examina d'abord la plume avec attention.

Je pris un moment d'intimité et glissai le cadeau d'Arne dans une poche de ma robe avant de me présenter à mes sœurs.

— Je suis prête.

— Fleur, commença Muriel en pressant ma main. Tu peux choisir qui tu souhaites. Y a-t-il un guerrier qui te plait ?

— Non.

Difficile d'imaginer n'importe quel Berserker me faire craquer. Ils n'étaient pas des garçons de notre village qui concouraient pour la chance d'avoir ma main lors d'une danse. Ce sont des guerriers mortels qui recherchaient une compagne, qu'ils revendiqueraient à vie. Muriel avait toujours été une romantique, d'autant plus maintenant qu'elle avait un partenaire.

— Peut-être un avec lequel tu apprécies discuter ? insista Sabine.

— Il y en a un, soupirai-je, car elles n'abandonneraient pas tant que je ne leur aurais pas donné une réponse convenable. Arne. Avec la boucle d'oreille à plumes.

— Le Maure ? articula Sabine d'un ton requinqué.

— Le guerrier qui t'a capturée au début ? demanda Muriel en pressant ses lèvres ensemble.

— Oui, confirmai-je en me rappelant qu'Arne et Erik m'avaient portée tour à tour.

— Tu es attachée à lui ?

Ma jumelle avait lutté durant notre enlèvement et avait reçu un coup qui l'avait rendue inconsciente. Bien qu'elle ne l'admît pas, elle méprisait la majorité des membres de la Meute Lowland pour la façon dont nos ravisseurs nous avaient traitées au départ. Elle ne pouvait croire que je fusse aimable avec les hommes qui nous avaient emportées.

— Je ne tiens pas à lui. Je connais à peine son nom.

— Je prendrai de ses nouvelles, déclara Sabine en se levant. Au moins, tu reconnaitras un visage à ces Jeux.

Mais quand nous atteignîmes le terrain, il n'y avait aucun signe d'Arne, Erik, ou même Gunnr.

— Où est Arne ? lâcha Sabine avant que je ne puisse lui demander de ne pas le faire.

Ses compagnons, les deux Alphas de la meute Lowland échangèrent un regard.

— Pourquoi le sollicites-tu ? grogna son compagnon tatoué.

Le visage froid, il fixa une main autour du haut de son bras. Je m'immobilisai de peur, mais Sabine roula des yeux et le frappa alors qu'il l'attirait plus près.

— Calme-toi, loup. Je demande de la part de Fleur. Pas besoin d'être jaloux.

— Arne est avec ses frères d'armes, se détendit le guerrier. Ils explorent pour trouver le mal qui a attaqué Fleur au marché.

— As-tu un intérêt pour Arne et ses frères ? questionna l'Alpha dont l'attention se tourna vers moi.

— Ses frères ? répétai-je.

— Je pensais que le lien fraternel ne se formait qu'entre deux loups, indiqua Sabine en fronçant les sourcils.

— Dans la plupart des cas. Mais Arne, Erik et Gunnr partagent une attache tous les trois. Ce sont les seuls Berserkers à le faire, et cela a sauvé la vie de Gunnr.

— Gunnr ? déglutit Sabine. Le loup qui m'a agressée ?

— Oui, confirma son compagnon Alpha en l'attirant dans ses bras. Fleur, lorsque nous avons rassemblé tes potentiels soupirants, nous avons exclu tous ceux qui pourraient être incertains. Gunnr a succombé à la rage des Berserkers et a essayé d'attaquer Sabine. Sans l'aide d'Arne et d'Erik, il aurait été condamné à mort.

— Les loups instables ont été bannis de la possibilité de demander ta main en mariage, continua un autre Alpha. Ils ne seront pas des partenaires convenables.

— Ne sont-ils pas les loups qui ont le plus besoin de moi ?

— Non, Fleur. Nous ne pouvons pas risquer que l'un d'eux perde le contrôle de sa bête.

« Perdre le contrôle de sa bête ». Une façon poétique de dire que le guerrier deviendrait déjanté, succomberait à la fureur des Berserkers et tuerait tout le monde sur son chemin, ami ou ennemi. Une puissante folie qui faisait d'eux des vainqueurs sur un champ de bataille, mais un désastre n'importe où ailleurs.

— Nous avons uniquement autorisé les loups qui sont assez forts pour résister à la rage des Berserkers, précisa l'Alpha.

Je hochai la tête de manière superficielle. Je n'avais aucun motif de me sentir déçue. Il n'y avait aucune raison pour moi de choisir Arne, Erik et Gunnr, bien que je les connaisse mieux que tout autre Berserkers. Juste parce que j'étais plus à l'aise avec eux ne voulait pas dire que ce serait plus facile d'expliquer la vérité que je cachais à tout le monde. Le fait que j'avais vu ma mort. Quel Berserker, je sélectionnais n'avait pas d'importance, cela ne changerait pas mon destin. Leur compagne si longuement attendue serait morte dans l'année.

— Il y a, ici, de nombreux guerriers parmi lesquels choisir, Fleur, dit Sabine avec une fausse joie. Tu trouveras certainement un Berserker que tu aimes plus que les autres.

Dans le champ, les hommes et les loups de la même manière s'affrontaient en une escarmouche artificielle. Les loisirs des Berserkers étaient aussi violents et sanglants.

Je passai les deux jours suivants sur l'estrade à surplomber le terrain, palpant le talisman d'Arne dans ma poche et contournant les questions de ma sœur au sujet du loup que je préférais. Pendant les pauses dans les Jeux, les Alphas m'escortèrent au travers de la foule d'hommes aux yeux dorés, endurcis par la bataille. Je ne pouvais pas me résoudre à regarder attentivement les guerriers. Ils avaient vécu plus d'un siècle, attendant quelqu'un comme moi. Comment choisirais-je ?

* * *

UNE LUNE DORÉE se leva sur la soirée de la mi-été.

— L'astre des Chasseurs, remarqua l'Alpha de Sabine alors que nous marchions en retournant vers ma hutte après une longue journée d'observation des Jeux Berserkers sur le terrain.

— Lune de Miel, corrigea Sabine. Fleur, iras-tu bien toute seule cette nuit ?

— Bien sûr.

D'après le ciel et les regards excités entre Sabine et ses Alphas, ils ne pouvaient pas attendre de se retirer dans leurs quartiers privés.

— Tu ne seras pas seule, rectifia l'Alpha. Nous avons posté un garde, bien évidemment.

Lui et ma sœur s'éclipsèrent en se tenant la main. Je barrai la porte. S'il n'y avait pas eu deux Berserkers géants devant avec des torches, j'aurais été tentée de partir en me faufilant. Demain, je devrais opter pour un partenaire.

Je lavai mon visage à la lueur de la lune. La fille dans l'eau paraissait triste et sauvage avec la plume dans ses cheveux.

— Je ne peux pas choisir, lui dis-je. J'ai besoin de plus de temps.

Je m'étais tout juste allongée quand un rugissement furieux résonna, juste à l'extérieur de la hutte. La peur fourmilla le long de ma colonne. Le son provenait de dehors et

fut rapidement interrompu, suivi par de violents grognements et des bruits de lutte.

Je m'empressai de me mettre sur mes pieds alors que les
portes de la cabane se brisaient en éclats, volant vers l'intérieur.

— Qui est là ? criai-je à moitié, lacérant ma gorge.

L'obscurité me rejoignit. Quelqu'un avait assommé les
gardes et avait éteint les torches sur le sol.

Je hurlai alors qu'une épaisse couverture couvrit ma tête.
Je me débattis et tentai de la déchirer avec mes mains, mais
ne pus pas la déloger. Mon attaquant me souleva. De la peur
rendit lourds mes membres et les mit presque hors de
contrôle ; je poussai la forme géante et il me serra plus près.
L'air frais de la nuit sur mon pied nu me choqua et je devins
féroce. Je me secouai d'un coup sec dans les bras de mon
ravisseur comme si je fus prise de convulsions. L'étoffe dans
laquelle il m'avait enveloppée bloqua la majorité de mes
mouvements, mais la panique m'enserra et je luttai encore
plus.

— Sois tranquille, petite fleur.

La voix d'Erik était étouffée au travers du tissu, mais
son ordre m'agrippa de la même façon. Je cessai de
combattre.

— Erik ? Que fais-tu ?

D'après le vent sur ma peau, il courait à une allure
incroyable, sautant et se tordant alors qu'il me tenait fort et
faisait attention de ne pas me secouer.

— Tais-toi maintenant. Je t'ai.

Sa vitesse ralentit jusqu'à l'arrêt et il retira la couverture.
Nous étions dans une profonde partie de la forêt, proche
d'une rivière. Le bruit de l'eau se mélangeait aux criquets et à
la chouette qui hululait occasionnellement.

— Nous te volons à la meute, Fleur. Gunnr a produit une
distraction. Arne fait l'éclaireur pour nous.

La lueur de la lune étincela sur ses canines alors qu'il souriait.

— Pourquoi ?

Il me déposa et je reculai un peu. Mes dents claquèrent comme elles le faisaient quand j'étais profondément effrayée. Était-ce cela que voulaient dire les Alphas en parlant de « loups instables » ?

— Nous t'aidons à faire ton choix.

Il arpenta le périmètre de la clairière.

— Vous ne pouvez pas faire ça, postillonnai-je. Les Alphas... la meute...

— Ils seront fâchés.

Erik semblait calme, bien que ses yeux brillassent de doré dans l'obscurité.

— Ils essaieront de nous suivre. Mais, Arne a un peu de magie, son arrière-grand-mère était une sorcière. Il est capable de perturber le lien de la horde et de nous donner une couverture, pour un moment.

Il s'agenouilla et frappa un silex près d'une pile de bois. La clairière montrait des signes de campement préparé, avec quelques sacs de couchage, une gourde d'eau et des armes. Les trois guerriers instables avaient planifié ça.

Alors qu'Erik préparait le feu de camp, je reculai davantage, mais restai dans le cercle d'arbres. Cela ne serait pas bon de courir. Je ne pouvais qu'attendre et espérer que ces Berserkers ne fussent pas déments. Si je les provoquais, leur bête pourrait les dévorer entièrement, et j'étais la victime la plus proche.

Le brasier était maintenant une bonne flamme quand un doux vent toucha mon visage. Au-dessus de ma tête, de grandes ailes occultèrent la lune argentée et un oiseau atterrit près du feu. Un aigle qui se transforma en homme aux yeux perçants.

— Arne ? m'exclamai-je.

— Bienvenue, petite fleur.

Il marcha à grands pas vers moi, son corps puissant nu excepté un pagne. Je me figeai alors qu'il se penchait pour embrasser ma joue. Ses lèvres étaient chaudes sur ma peau. Se redressant, il me sourit et je restai bouche bée devant lui.

— Aucun mot gentil pour tes sauveurs ?

— Elle pense que nous l'avons enlevée, expliqua Erik.

— Tu n'es pas notre prisonnière à moins que tu ne veuilles vraiment pas être ici, indiqua Arne. Et tu as toujours apprécié notre compagnie, n'est-ce pas, Fleur ?

— Elle sent la peur, fit remarquer Erik en inclinant sa tête, les yeux qui flamboyaient d'une façon plus lumineuse.

— Je ne devrais pas être là, protestai-je d'une petite voix. Les Alphas n'aimeront pas ça.

— Les Alphas sont les dernières de nos préoccupations. Ils feront appel à la raison. Le reste de la meute...

Arne haussa les épaules.

— Ils penseront que nous leur avons volé un prix. Je donne un jour avant que les plus faibles perdent le contrôle et se séparent de la horde pour nous pourchasser. C'est mieux si nous ne séjournons pas ici trop longuement.

— Pas longtemps. Juste assez pour que Fleur se repose un peu.

Erik traversa jusqu'à un sac caché à la base d'un arbre et en sortit une cape faite de nombreuses fourrures cousues ensemble.

— Voilà, dit-il en m'approchant. Enlève ta robe et mets ça.

— Qu'est-ce, frère ? demanda Arne.

— Ce soir, nous installerons une fausse trace en utilisant ses habits. Ils suivront ce qu'ils penseront être son odeur. Il y a des herbes dans cette peau pour masquer son goût sucré.

Erik se tourna vers moi.

— Vas-y, fille, et change-toi.

Engourdie, je déposai la robe qu'Erik m'avait donnée. À

part m'avoir enlevée, ces loups ne semblaient pas dérangés, juste déterminés. Mais est-ce que la vue de ma chair provoquerait leur bête ?

Mes mains tremblèrent alors qu'ils venaient détacher ma nuisette.

— Tourne-toi, encouragea Arne en direction d'Erik.

— Quoi ?

— Tourne-toi et laisse-la se déshabiller.

Paraissant mécontent, Erik le fit. Arne me fit un signe de tête avant d'en faire autant.

Je retirai rapidement mes vêtements, avant qu'ils changent d'avis de me donner de l'intimité. Je gardai mon fourreau et ignorai la cape.

— J'ai fini, informai-je leurs larges dos.

Erik ramassa mes affaires sur le sol.

— Je t'achèterai une autre robe, fille. Une fois que nous serons en sécurité, tu pourras en avoir autant que tu veux.

Arne s'avança. Avec des mains douces, il rapprocha les bords de la tunique ensemble et attacha les ficelles.

— Un jour, tu apprécieras être dénudée en notre présence, tu le désireras même. Jusqu'à ce jour, je te promets que tu es en sûreté avec nous.

Son murmure me fit frissonner, malgré la nuit chaude d'été et la lourde cape de fourrure. De près, sa silhouette à moitié nue paraissait plus puissante, et la ligne de ses muscles parfaitement gravée dans ses bras, ses jambes et son tronc massif.

— Fleur ?

Je ne pus trouver ma voix, alors j'acquiesçai.

Les fourrés crépitèrent à proximité alors que Gunnr poussait à travers et nous rejoignait, la queue remuante. Incapable de faire face aux regards intenses des deux autres Berserkers, je tombai à genoux et pris le loup couleur nuit dans mes bras, en tremblant un peu.

Il lécha mon visage et je dénichai davantage de courage, et me tournai vers les deux guerriers.

— Que faites-vous ? Pourquoi m'avez-vous prise ?

— Les Alphas t'ont dit de sélectionner un partenaire d'ici la mi-été, n'est-ce pas ?

— C'est exact, confirma Erik en époussetant ses mains et en venant vers moi, après s'être occupé du feu.

Si je n'avais pas été contre le grand loup, j'aurais reculé devant le regard prédateur d'Erik.

— Mais tu ne savais pas qui choisir, gronda Arne.

— Je... Je ne peux pas encore choisir. J'ai besoin de plus de temps.

Les énormes corps d'Erik et d'Arne se profilèrent au-dessus de moi. Mon cœur tambourina plus vite. Gunnr se blottit contre moi jusqu'à ce que j'enveloppe un bras autour de son cou.

— T'inquiète pas, fille. Tu n'as plus besoin de prendre de décision.

— Si tu ne sélectionnes pas ton partenaire, tes compagnons choisiront pour toi, annonça Erik en écartant ses mains.

— Je ne comprends pas.

— Tu es nôtre à présent, Fleur, déclara Arne de sa douce voix grave. Nous te revendiquons.

— Me... me revendiquer, bégayai-je. Pourquoi ?

— Parce que tu es à nous.

Avec une main sur mon bras, Erik me conduit entre Arne et lui. Les deux pressés ensemble, me mettant en cage avec leurs corps fermes. Des picotements passèrent en moi.

— Bientôt, tu comprendras.

— Comprendre quoi ?

— Que nous sommes faits les uns pour les autres, dit Arne en enlevant une mèche de cheveux de mon visage.

Je baissai la tête et il prit mon menton, son pouce frottant mes lèvres. La foudre grésilla en moi.

— S'il vous plait, chuchotai-je.

— S'il vous plait quoi, Fleur ? demanda Erik en penchant sa tête.

Coincée entre les deux énormes guerriers, je posai mes mains sur les deux poitrines des hommes pour mettre de la distance entre leurs corps puissants et moi-même.

Une erreur. De la chaleur se déversa en moi de son léger contact. J'arrachai mes mains en arrière comme si j'avais été brulée et je me reculai.

Ils me laissèrent partir, mais pivotèrent pour suivre. Les têtes titubantes et les yeux brillants, ils semblaient être davantage des prédateurs que des hommes. S'ils choisissaient de me pourchasser, je n'avais aucune chance.

Écartant mes mains, je fis appel à la raison.

— Vous ne pouvez pas faire ça. Quand la horde s'en rendra compte, ils vous tueront.

Erik inclina sa tête sur le côté, un petit sourire jouant sur ses lèvres.

— Alors, nous ferions mieux de ne pas les laisser nous trouver.

De ce que je savais, rien ne pouvait arrêter un Berserker, sauf un autre Berserker. Autant effrayée que j'étais par ces trois-là, je ne voulais pas les voir déchiquetés par la meute.

— Alors, nous sommes amenés à fuir pour toujours ?

— Non, me rassura Arne qui semblait également amusé. Jusqu'à ce que tu décides de nous sélectionner.

— Je ne peux pas choisir un partenaire.

Erik bougea et Arne l'imita, me suivant jusqu'à ce que l'arrière de mes jambes heurte Gunnr. J'étais épinglée entre les trois.

— Ce sera notre plaisir de te convaincre autrement, déclara Erik en me faisant un clin d'œil.

CHAPITRE 3

*A*près quelques heures, nous nous mîmes de nouveau en route. J'avais dormi un peu sur Gunnr sous sa forme de loup. Et à présent, je somnolai, mon bras enroulé autour du cou d'Erik. Le vent sur mon visage me dit à quelle vitesse les Berserkers voyageaient.

À l'aube, nous atteignîmes le sommet d'une colline dépouillée. Il n'y avait rien sur des kilomètres et des kilomètres à part des forêts et des champs. Le soleil grimpait dans le ciel et Erik me portait toujours comme si je ne pesais rien. De temps à autre, le grand aigle volait au-dessus de nous et le loup noir sortait d'un taillis.

Nous arrivâmes à une imposante rivière et Erik la suivit jusqu'à ce qu'elle se sépare en deux plus petits affluents. Il pataugea dedans, me soulevant haut pour que ma cape ne touche pas l'eau.

— L'eau cache notre trace, dit-il une fois qu'il eut traversé de l'autre côté et reprit une course aisée.

— Te rappelles-tu la nuit où nous t'avons enlevée la première fois ? demanda-t-il en remarquant que j'étais davantage éveillée.

— Oui.

Nous atteignîmes une mince cascade et Erik ne ralentit pas. Ma main s'enroula plus fortement autour de son cou, alors qu'il sautait pour descendre sur les rochers qui dégringolaient le long du cours d'eau, et qu'il continuait.

— Tu étais une chose si petite et si courageuse.

Je clignai des yeux. La nuit où les Berserkers étaient venus nous chercher, Muriel et moi étions endormies jusqu'à ce qu'ils mettent la porte à terre. Ma jumelle s'était levée avec une dague en main, pendant que je m'étais pelotonnée sur la couchette. Un Berserker l'avait facilement saisie et Erik m'avait attrapée. J'avais à peine trouvé assez de souffle pour crier.

— Silence, petite, chantonna-t-il. Nous ne te ferons aucun mal.

— S'il vous plait, laissez-moi tranquille, couinai-je, et je me recroquevillai sous une couverture.

En un éclair, il m'avait arrachée du lit et m'avait emportée dans l'air de nuit, tout comme il l'avait fait la nuit dernière.

Comme la façon dont il me transportait à présent.

— Je n'étais pas courageuse.

— Tu l'étais. Nous t'avons porté durant la nuit et, bien que tu frissonnasses, tu es restée éveillée et tu as posé des questions.

Ils s'étaient arrêtés une fois pour m'envelopper dans une couverture de peaux d'animaux. J'avais alors rencontré Gunnr et avais reculé devant l'imposante silhouette de loup. Il s'était allongé et avait appuyé sa grande tête sur ses pattes, gardant sa bouche fermée et agissant aussi docilement qu'un chien de berger. Finalement, sa gentillesse m'avait attirée jusqu'à le caresser. La nuit entière avait paru étrange au-delà même de l'une de mes visions, en commençant par les guerriers effrayants faisant irruption dans notre maison, et en se terminant avec le fait que j'eusse cherché du réconfort auprès d'une géante bête noire.

Erik sembla attendre que je dise quelque chose.

— Les histoires que vous racontiez semblaient si sensationnelles. La malédiction de la sorcière, les batailles que vous aviez gagnées grâce à la rage des Berserkers... Je ne croyais presque pas que vous étiez vrais.

— Aperçois-tu souvent des choses qui ne sont pas réelles ? demanda-t-il sans jugement dans sa voix, mais, mon regard se fit plus net sur ses traits.

J'avais appris dans ma jeunesse à ne pas parler de créatures que personne d'autre ne pouvait voir. Comment réagirait ce Berserker si je lui disais que j'avais eu des visions presque chaque lune ? Il pourrait me croire dérangée et me prendre en pitié, ou sa bête pourrait décider que j'étais dangereuse. Un loup fou est un loup mort. La meute pourrait ne pas tolérer quelqu'un si féérique et touché par les dieux. Ce Berserker pourrait penser la même chose, malgré tout le temps que nous avions passé ensemble.

Je restai silencieuse, mais il ne me poussa pas. Alors que nous continuions de voyager, je me détendis de plus en plus dans les bras de mon ravisseur. De l'amusement dansa sur ses lèvres pleines. Son visage, encadré par une barbe noire, était avenant malgré un nez courbé, probablement cassé à plusieurs reprises.

Il regarda une fois en l'air, alors que l'aigle montait en flèche au travers du ciel bleu vide.

— Arne est jaloux.

— Quoi ?

— Il souhaite être celui qui te porte.

Erik me sourit de toutes ses dents, ce qui sembla menaçant à cause des canines aiguisées et du doré étincela dans ses yeux.

— Il voudrait que l'on s'arrête bientôt pour qu'il puisse

prendre son tour. Je lui ai dit qu'il devait demeurer dans le ciel.

— Pourquoi Arne est-il un aigle, alors que les autres Berserkers deviennent des loups ?

— Laisse-moi lui demander, commença Erik, puis il resta silencieux un moment. Arne me raconte qu'il se rappelle peu de la nuit où la sorcière nous a maudits.

— La sorcière massacra une meute de loups pour nous nourrir de la chair des créatures, mais la magie de la lignée d'Arne l'a rejetée, continua alors le guerrier barbu, après une pause marquée par une grimace à son propre souvenir de la nuit. Quand nous nous sommes tous Transformés en loups, il a pris la forme d'un aigle.

Je jetai un coup d'œil vers le ciel. L'aigle spiralait encore au-dessus de nous en des boucles lentes.

— Quand a-t-il dit ça ?

— Juste là.

— Tu peux lui parler ?

— Bien sûr. C'est la façon dont fonctionne le lien. Nous pouvons nous connecter avec la meute entière, mais entre mes frères, les messages semblent plus nets.

— Les Alphas ne peuvent-ils pas communiquer avec tous les loups ?

— Ouais.

Mon emprise se serra alors qu'Erik bondit de rocher en rocher. Son corps fermement musclé absorbait le choc à chaque chute, et je le sentis à peine.

— Mais nous les bloquons ainsi que le lien de la meute, en ce moment.

— Pourquoi ?

— Pour qu'ils ne puissent pas nous traquer. Nous sommes des loups solitaires. Nous nous sommes placés en dehors de la horde et sommes devenus indésirables.

— Qu'est-ce que ça veut dire ?

— Nous sommes des étrangers à présent, déclara Erik avec un visage qui portait maintenant des signes de tension. S'ils nous attrapent, nous mourrons.

À LA TOMBÉE de la nuit, nous effectuâmes un détour de la rivière pour nous diriger dans un profond petit bois forestier. Erik ne semblait pas fatigué, même s'il m'avait portée dans ses bras pendant des heures, ainsi qu'un étroit sac dans son dos.

Je somnolai un peu, et quand le guerrier me posa, j'oscillai un instant sur des membres courbaturés. Le corps hurlant de soulagement, je demandai la permission et Erik m'autorisa à aller derrière des buissons pour un moment d'intimité.

Quand je revins, Erik avait déjà traîné quelques branches mortes pour former une pile. Arne arriva, une rapide ombre se mouvant au travers des bois, et aida Erik à construire un brasier.

Gunnr sortit du fourré, une carcasse d'oiseau dans ses mâchoires. Il la lâcha à côté du feu et vint vers moi.

Il me renifla pendant que je caressai l'épaisse fourrure de son dos, ainsi que ses douces oreilles.

— Je vais bien, lui assurai-je. Juste fatiguée.

Je me blottis contre lui, les évènements de la nuit dernière et ceux d'aujourd'hui, me frappant comme un poids. Même si Erik m'avait portée, je me sentais comme si j'avais couru toute la journée.

Arne laissa sa tâche assez longtemps pour me draper d'une couverture faite de peaux.

— Repose-toi, petite.

— Allons-nous nous éloigner encore beaucoup ? bâillai-je, et j'appuyai ma tête sur le dos de Gunnr.

— Pas plus loin. Ce soir, nous restons là.

Le loup tourna sa tête et lécha ma joue. Je voulus demander pourquoi ces guerriers m'avaient emmenée, et ce qu'ils attendaient que j'accomplisse pour eux. Ils avaient tout risqué pour m'enlever parce qu'ils pensaient que j'étais leur compagne. Qu'en était-il s'ils avaient tort ?

* * *

Je me réveillai avec la main d'Erik sur mon épaule.

— Viens, fille. Tu as besoin de te nourrir.

Gunnr s'était enroulé autour de moi, me supportant avec son poids réconfortant. Je m'assis doucement et remerciai Erik quand il m'apporta un bout de viande et tira la cape plus serrée autour de moi.

Il se posa sur un rocher à côté, me regardant manger. Quand j'eus fini, je nourris le loup des os restants.

Je sombrai à nouveau contre lui avec un soupir.

— Maintenant, Arne et moi sommes tous les deux jaloux.

— Pourquoi ?

— Parce que Gunnr a le droit de dormir avec toi.

Je fronçai les sourcils. Il était facile d'oublier que Gunnr était un homme en réalité. Le loup dénuda ses dents en un semblant de sourire et pencha sa tête pour croquer le reste des os.

— Il souhaiterait ne pas être forcé à demeurer sous sa forme de loup. Il aimerait te tenir dans ses bras.

— Pourquoi reste-t-il toujours un loup ? demandai-je.

— Gunnr était le plus fort d'entre nous et nous aidait à contrôler notre bête. Avec le temps, cela l'a affaibli et il s'est fait submerger. Se changer en loup l'empêche de se perdre grâce au lien des Berserkers.

Gunnr me contempla, tellement d'intelligence sur le visage de l'animal. Il y avait quelques poils blancs sur son museau, la seule marque sur son manteau couleur nuit. À quoi ressemblait-il en tant qu'homme ? Le saurais-je un jour ?

Il serait parti pour toujours si la bête avait consumé son esprit.

— De quelle façon le loup est-il différent de la bête ? questionnai-je Erik, frottant la patte géante de Gunnr.

— Le loup provient de la magie naturelle. Il y a des loups-garous qui sont simplement des hommes et des loups. Ils vivent en harmonie avec leur nature. Quand la sorcière nous a condamnés, elle a fait de nous des loups, mais avec davantage de puissance. La bête fait partie de la malédiction, la magie corrompue.

Mes épaules se soulevèrent avec un soupir. J'enveloppai la cape serrée autour de moi.

Gunnr gémit suite à la perte de mes caresses.

— Qu'est-ce qui ne va pas, fille ?

— C'est rien.

— Dis-nous tes pensées, proposa Arne en s'asseyant près. Nous ne voulons pas que tu nous craignes. Quand nous serons liés, il n'y aura aucun secret entre nous.

Je me mordis la lèvre. Ils avaient tant risqué en me revendiquant, malgré le fait que la horde essaie de nous garder à distance. Peut-être que je pouvais risquer un peu également.

— Y a-t-il de la magie qui n'est pas une malédiction ?

Les guerriers ne semblèrent pas surpris par mon emportement, mais leurs corps se raidirent comme s'ils étaient prêts à attaquer pour moi.

— Je possède de la magie, continuai-je. Je souhaiterais ne pas en avoir. Je la couperais de moi si je le pouvais.

Elle m'avait rendu malade toute ma vie, rempli mes journées de cauchemars éveillés. Je voyais des choses que je ne devrais pas entrevoir.

— C'est malfaisant.

— C'est un cadeau, rectifia Arne en secouant la tête. La

déesse t'a donné la Vision. On t'accorderait beaucoup de valeur dans les Terres du Nord comme voyante. Une volva ou une femme sorcière.

— Tu possèdes un grand pouvoir, Fleur, ajouta Erik.

— Pouvoir ? Mon pouvoir me fragilise seulement.

— Nous pensons pouvoir te soutenir, annonça Arne.

— Comment ?

— Quand le lien d'accouplement se formera, nous supporterons le poids de ta Vision. Tout comme nous sommes tous les trois aptes à combattre l'emprise de la rage des Berserkers, nous te donnerons du répit face à tes capacités.

— Nous pouvons t'aider, Fleur. Tu n'es pas seule.

Ils parurent si excités et passionnés, mais je me sentis seulement fatiguée.

— Cela semble trop beau pour être vrai, murmurai-je en laissant tomber ma tête en arrière sur le corps de Gunnr et fermant les yeux.

La chaleur apaisante de Gunnr et la voix d'Erik me suivirent dans mes rêves.

— T'inquiète pas, fille. Nous te ferons aller mieux.

À MON RÉVEIL, Erik était penché sur moi, un bol dans les mains. Je m'assis et il le soutint pour moi alors que je bus le riche bouillon. Quand ma bouche s'humidifia assez pour que je puisse parler, je le remerciai.

— C'est bon. Quand l'as-tu fait ?

— Nous avons été ici un jour et une nuit.

— J'ai dormi aussi longtemps ?

La clairière était vide, excepté Erik et un feu faible. Le loup et Arne étaient partis.

— Ouais, et tu sembles aller mieux. Comment te sens-tu ? me questionna-t-il en enlevant les cheveux de mon visage d'une caresse.

J'étirai mes bras pour tester.

— Je vais bien, répondis-je alors que la raideur de mon corps avait disparu grâce à mon long moment de repos. Je suis affamée.

— Finis le bouillon alors, commanda-t-il, paraissant content. Une fois que ce sera fait, nous te donnerons un peu de gâteau au miel.

Sous l'œil attentif d'Erik, je mangeai doucement, mais de façon ininterrompue. Le grand guerrier tatoué continua de jouer le soigneur, renforçant le feu pour préparer davantage de bouillon, bordant la couverture autour de mes jambes, et même s'agenouillant derrière moi pour tresser mes cheveux en arrière. Je me soumis à son contact comme s'il était l'une de mes sœurs. Quelques jours et ces guerriers s'étaient déjà habitués à leur déclaration. Après avoir effectué des provisions pour le brasier, Erik ne quitta pas mes côtés.

Quand j'eus fini, il prit l'écuelle. Je commençai à me lever et il posa une main sur ma poitrine.

— Va doucement, fille.

Sa grande main était étendue juste au-dessus de mes seins. Je sentis sa chaleur au travers de mon fin fourreau, et je rougis, me sentant moins comme une invalide qu'une femme.

— S'il te plaît, je me sens beaucoup mieux. J'ai besoin de me soulager.

Il m'aida à tituber jusqu'aux buissons et me donna un peu d'intimité, bien qu'il rôdât à proximité.

Je fis mes affaires et marchai vers le feu avec davantage de force, avec Erik filant mes pas. Je chancelai une fois et ce fut assez pour qu'il me soulève à nouveau.

— Je pensais que cette maladie s'était terminée, rouspétai-je pour me distraire du fait que j'adorais me trouver dans ses bras.

Il semblait saisir chaque opportunité pour me toucher.

— Arne suppose que l'épuisement t'a atteint à cause du long voyage et de tes soucis. T'inquiète pas, fille. Tu vas devenir plus forte, surtout maintenant que tu es avec nous.

Je voulais argumenter, mais je ne pouvais nier à quel point je me sentais mieux, et à quel point c'était bon d'être couvée et entretenue par les robustes guerriers.

Erik m'installa sur une pierre pour siroter un brin plus de bouillon alors qu'il s'affairait autour du camp.

— Des nouvelles de la meute ? questionnai-je.

— Ils sont en colère. Nous nous sommes coupés d'eux.

Il passa une main sur son front, fronçant un peu les sourcils, mais la grimace disparut avant qu'il ne revienne à mes côtés.

— Une chance qu'ils nous découvrent ici ?

— Aucune. Arne a placé des protections sur le campement. Pas même une sorcière pourrait nous trouver.

— Viens, fille, ordonna-t-il en prenant le bol vide et tendant sa main. Allons rendre visite à la rivière.

L'énergie me revint alors que je marchais à ses côtés, mon bras glissé dans le creux du sien tatoué. Le bruit de l'eau pressante devint plus fort, et Gunnr sortit de la forêt pour avancer silencieusement à pas feutrés derrière nous.

Je m'arrêtai pour accueillir le loup noir.

— Merci de m'avoir gardée pendant que je dormais, lui chuchotai-je. Mes rêves étaient bons grâce à toi.

Le loup sourit, la langue pendante.

— Par ici, fille, appela Erik.

Lui aussi arborait un grand sourire.

Je soulevai mes jupes pour marcher le reste du chemin. Le Viking me laissa tracer ma propre route, bien qu'il rôda tout de même à proximité. Avec de légères caresses d'une main sur mon épaule, un petit coup de coude sur ma hanche, il me poussa là où il voulait que j'aille.

Alors que nous nous approchions de la rivière, Erik réalisa un détour et me conduisit à un bassin forestier. Il fit un geste vers l'eau, scintillante et calme en cette chaude journée.

— Je pensais que tu aimerais te laver.

Après avoir retiré mes bottes, je soulevai l'ourlet de mon fourreau à hauteur de genoux pour patauger dans la piscine.

Erik saisit mon bras.

— Tu n'veux pas te déshabiller ?

— Non, confirmai-je en fronçant les sourcils et regardant le sol.

— Tu devrais t'habituer à être nue à côté de nous, m'indiqua-t-il, mais il ne me fit pas enlever mon vêtement.

Il avait besoin d'être lavé de toute manière.

J'entrai dans l'eau, les bras croisés sur le fin tissu. On pourrait pratiquement voir à travers le linge une fois qu'il serait mouillé. Mon cœur battit plus vite à la pensée que ces guerriers observent ma silhouette nue, mais je me réprimandai pour faire partir cette pensée. Personne ne souhaitait une fille maigrichonne et chétive. Ces guerriers m'avaient vue dans la pire condition et me voulaient quand même comme compagne, mais ils ne me désiraient pas réellement.

Au moins, c'est ce que je m'étais dit encore et encore, jusqu'à ce que j'entende un bruit d'éclaboussure derrière moi.

Erik pataugea dans l'eau après moi, sa pâle poitrine exhibée dans toute sa splendeur avec des cicatrices et des muscles côtelés.

L'eau même semblait se réchauffer autour de moi et bien que je ne fusse pas nue, je me baissai rapidement, me sentant exposée. Erik nagea autour de moi en de lents cercles, souriant tout du long.

Je prétendis l'ignorer.

La journée était chaude et belle, et le loup noir se reposait sur la rive ensoleillée. L'eau revigorait mon corps endormi alors que je frottais ma peau. Il n'y avait pas de savon ou d'herbes pour le nettoyage, mais je fis de mon mieux, tirant des doigts frustrés dans mes cheveux emmêlés.

Distraite, je reculai dans un mur bouillant.

— Permets-moi, murmura Erik à mon oreille.

Sa grande main pressa mon cou, un léger rappel de son pouvoir. Je penchai ma tête alors que ses doigts glissaient entre mes mèches claires, massant mon crâne jusqu'à ce que mon corps fonde.

— Je ne savais pas que les Berserkers pouvaient accomplir des choses gentilles.

— Je me retrouve à apprendre toutes sortes de choses que je ne pensais pas être possibles, pour toi.

Je soupirai et m'appuyai contre son poitrail ferme, ma joue à quelques centimètres de son muscle sculpté. L'eau courait en petits ruisseaux le long des plaines et des vallées de son large torse.

Je léchai mes lèvres.

— Tu as soif, fille ?

Secouant la tête comme si je m'étais assoupie, je partis en nageant.

Souriant d'une oreille à l'autre, Erik sombra dans l'eau et en émergea, lançant de l'eau avec ses cheveux noirs. Sa chevelure était sombre et brillante comme celle d'un corbeau.

Le guerrier commença à nouveau à se baigner autour de moi, un sourire suffisant sur son visage.

Ma gorge soudainement sèche, je déglutis plusieurs fois avant de pouvoir parler.

— Tu es un Berserker. Des Terres du Nord, c'est ça ?

— Oui. On nous appelait des Vikings.

— Pourtant, tu ne possèdes pas leurs cheveux clairs, fis-je remarquer, en désignant sa touffe.

— Non, petite fleur, confirma-t-il. Ma mère était une

esclave, comme celle d'Arne. Nous avons gagné notre liberté en guerrier pour le jarl de notre terre natale. Nous avons rejoint un groupe de guerriers qui sont allés voir la sorcière et là, nous avons été maudits pour être des Berserkers.

Il bougea dans mon espace, tellement proche que sa poitrine caressa presque la mienne. Mes tétons se durcirent sous le drap mouillé de mon fourreau.

Je déglutis fortement et fis un pas en arrière vers le bord. Il me suivit en inclinant sa tête comme me défiant de m'enfuir. Ce serait une courte poursuite. Le doré dans ses yeux me dit que sa bête semblait à proximité de la surface.

Mon cœur battit comme les ailes d'un oiseau effrayé, mais je n'avais pas peur de lui. Je ne savais pas ce que je ressentais.

— Je suis désolée que la sorcière vous ait maudits.

— Je ne le suis pas, rectifia-t-il en continuant à se presser contre moi. Cela m'a mené à toi.

Quand je me détournai de lui, ses doigts glissèrent sur mon épaule dénudée. Il souleva les cheveux mouillés de ma nuque et sa bouche descendit, suçant l'eau de ma peau.

Mon corps prit feu.

— Erik, m'exclamai-je.

— Prononce mon nom, murmura-t-il contre mon cou.

— Tu ne peux pas faire ça, dis-je les genoux faibles, alors que je trouvais à peine la force de reculer.

— Pourquoi pas ?

Je mordis mes lèvres avant de pouvoir argumenter qu'il ne me désirait pas vraiment. Quels que soient mes fragiles charmes, ils étaient suffisants pour exciter sa bête.

— Ne nie pas l'attraction entre nous. Où que nous mènent nos sentiments, tu le souhaites et je le veux aussi.

— Je ne le désire pas, rectifiai-je alors que mes seins et ma chatte picotaient, faisant de moi une menteuse. S'il te plait, ce n'est pas bien. Je suis supposée sélectionner un compagnon.

— Nous te l'avons dit. Nous avons pris la décision. Tu es à nous.

— Que dira la horde ?

— La meute n'est pas là, dit-il en haussant les épaules. Admets-le. Tu es soulagée. Tu voulais nous choisir.

— Je t'aurais choisie toi. Mais ils ne l'auraient pas permis.

— T'ont-ils dit pourquoi ?

Le loup noir était toujours allongé sur la rive, les yeux fermés.

— Gunnr, prononçai-je en baissant la voix. Les Alphas avaient peur pour ma sécurité si je vous prenais tous les trois comme partenaires. Erik... est-ce vrai ? A-t-il attaqué Sabine ?

— Il l'a fait, mais il va mieux maintenant.

Attrapant ma main, Erik me conduisit plus loin dans le bassin. Nous nageâmes en une spirale paresseuse. De temps à autre, il me tirait plus près, et je saisissais toutes les opportunités pour m'écarter encore plus. Nous bougeâmes dans cette danse privée jusqu'à ce qu'il m'attire dans ses bras.

Ses dents mordillèrent mon épaule et un frisson menaça de dégonder ma colonne vertébrale.

— Tu nous veux. Bientôt, tu l'admettras, chuchota-t-il.

J'allai partager son avis quand un gémissement accrocha mon oreille. Gunnr attendait sur la berge, de géantes pattes noires à moitié dans l'eau.

— Erik, murmurai-je en donnant un petit coup de coude au guerrier aux cheveux sombres.

Le Viking soupira et recula.

— Viens. Nous allons t'habiller.

CHAPITRE 4

*U*ne nouvelle paire de bottes doublées de fourrure et un lourd accoutrement en brocart attendaient sur une pierre baignée par les rayons du soleil.

Je le soulevai, impressionnée par le poids du tissu et les détails de la maille.

— C'est une robe de dame.

— Uniquement le meilleur pour notre femme captive de Berserkers, déclara Erik en me faisant un clin d'œil.

Mon fourreau sécha rapidement au soleil de la mi-journée. Erik m'aida à enfiler le vêtement et attacher mes cheveux en arrière.

— Sublime, indiqua Arne.

Il était revenu de son exploration et se reposait à présent contre un arbre, Gunnr à ses côtés.

— Prête à manger, petite fleur ? Gunnr nous a apporté un sanglier rôti.

De retour à notre campement, je dévorai la nourriture et jetai mes os à Gunnr. Les guerriers attendirent jusqu'à ce que j'aie mangé ma part, puis tombèrent sur la carcasse, la réduisant en lambeaux avec leurs mains, déchirant la viande des os avec des canines très aiguisées.

Je m'assis sur un rocher, tissant une tresse à partir de fleurs. Habillés de hauts-de-chausse en cuir et rien d'autre, Erik et Arne ressemblaient à des hommes sauvages. Leurs muscles lisses et luisants brillaient à la lueur du feu.

Quand leur repas fut fini, ils s'étendirent à côté de moi tels des loups satisfaits. Erik laissa échapper un renvoi. Arne sourit et en lâcha un plus fort. Pour ne pas être surpassés, ils remplirent tous deux la nuit de leurs bruits de rots.

Je jetai la couronne de fleurs et ils s'arrêtèrent pour me regarder.

— Maintenant quoi ?

— Que veux-tu dire, Fleur ? questionna Arne.

— Vous m'avez emmenée loin de la meute. Nous sommes en fuite. Un jour, la horde nous traquera. Alors quel est votre plan ?

— En avons-nous besoin ?

— Vous avez arraché à la colonie entière une femme potentielle, répliquai-je au Maure en le fixant comme s'il lui était poussé des cornes. Les Alphas n'auront pas le choix d'ordonner vos morts.

Erik vint et s'assit à côté de moi. Sa main fit des cercles sur ma cheville, un geste simple, mais intime. Son pouce caressa ma peau.

— Admettras-tu que tu es liée à nous ?

— Oui, avec joie, si cela préserve vos vies.

— Tu ferais ça pour nous ? demanda Arne en arquant un sourcil. Uniquement pour nous sauver de la colère des Alphas ?

— Bien sûr. Je leur dirai que je vous ai persuadés de m'aider à m'enfuir.

Les guerriers échangèrent un regard.

— C'est un bon programme et nous te remercions pour

cela. Mais ton histoire ne sera pas suffisante pour convaincre la meute.

— Je ne sais pas quoi dire d'autre.

— Ce ne serait pas un mensonge de raconter que nous t'avons enlevée, car tu es notre vraie partenaire, précisa Erik alors que son pouce continuait de taquiner ma peau.

— Mais je ne le suis pas, protestai-je.

— Es-tu sûre ? demanda Arne.

Je n'avais rien à dire à cela, à moins que je veuille révéler ma vision de moi-même dans la tombe.

— Il y a un moyen de convaincre la meute que tu es notre compagne et que nous étions destinés à te revendiquer.

— Oh ? m'exclamai-je. Et quel est-il ?

— Nous devons travailler sur le lien, expliqua Arne en s'éclaircissant la gorge.

— Le lien ?

— Ouais, fille. Sais-tu comment fonctionne le processus d'accouplement ?

— Mes sœurs m'en ont détaillé certains aspects, commençai-je en rougissant. J'ai regardé des lapins, hum, copuler dans la nature.

— Des lapins, gloussèrent les guerriers. Nous ne sommes pas des lapins.

— Non, vous ne l'êtes pas, murmurai-je alors que leurs rires faisaient onduler leurs magnifiques muscles de leurs poitrines et de leurs gorges.

— Il y a des choses nécessaires pour que les loups-garous s'accouplent, indiqua Arne en les cochant sur ses doigts. La morsure d'accouplement, la chaleur d'accouplement, le lien d'accouplement.

— Je ne suis pas un loup-garou.

— Non, mais comme tes sœurs, tu as ta propre forme de magie.

— Les femmes-spae sont dotées d'une magie naturelle.

Elles sont parfaites pour être des femmes de loup-garou. Elles peuvent avoir leurs chaleurs.

— La chaleur d'accouplement est un signe que tu conviens et que t'es prête à t'accoupler.

Je mordis ma lèvre, réfléchissant à la chaleur qui se répandait dans mon corps en ce moment quand les guerriers me touchaient. Cela devenait de plus en plus difficile à ignorer.

Trois paires d'yeux luisants se fixèrent sur moi, comme s'ils lisaient mes pensées.

— Alors comment se forme le lien ? commençai-je en panique quand Arne se leva et alla d'un pas raide s'asseoir à mes côtés, à l'opposé d'Erik.

Pressant mes jambes ensemble, je retins un léger frisson, ainsi qu'un tremblement en réponse dans ma chatte.

— Nous fais-tu confiance fille ? questionna Erik en jouant avec une mèche de mes cheveux.

— Je vous connais à peine, chuchotai-je.

— Ça ne fait rien, murmura Arne, traçant le décolleté de ma robe.

Sa caresse me donna la chair de poule, mais pas à cause du froid.

— Aimerais-tu apprendre à nous découvrir ?

Sur ma gauche, Erik fit courir son doigt le long de ma tunique et accrocha le tissu pour le retirer de mon épaule.

— Que fais-tu ? me manifestai-je alors que mon cœur faisait un bond.

— Détends-toi, petite fleur, rassura Arne en posant une grande main sur mon cou, ramenant mon attention sur lui.

Me rapprochant, il m'étudia un moment avant de palper mes lèvres avec les siennes.

La bouche d'Erik toucha la peau dénudée de mon épaule gauche au même instant.

De la chaleur se déversa en moi au simple frôlement de leurs lèvres. Cela dura une fraction de seconde, mais me laissa défaite, clignant des yeux de surprise et d'émerveillement face aux sensations inondant mon corps.

— Nerveuse, petite ?

— Je... C'était...

La large main d'Arne massait mon cou, des doigts puissants apaisant ma chair vulnérable, me forçant à me détendre.

Les mains d'Erik peignaient mes cheveux, les soulevant de mon oreille.

— As-tu aimé ton baiser ?

— Nous le saurons si tu nous mens, rappela Arne.

— Ça paraissait agréable. Hum, est-ce que tous les deux, à la fois...

— Quand nous revendiquerons une compagne, nous la prendrons ensemble.

— Comment c'est possible ?

Ma sœur m'en avait expliqué une partie, mais j'avais oublié. Je n'avais jamais pensé que j'aurais besoin de connaître comment satisfaire deux hommes.

— Nous t'enseignerons ça, quand ce sera le moment.

Un léger soupir m'échappa, un petit bruit de désir.

Les yeux des guerriers s'éclairèrent aussitôt qu'ils l'entendirent, les prédateurs en eux sentant que leur proie était proche et faible.

Me cabrant, je me séparai d'eux et m'enfuis de quelques pas en direction du feu.

— Je ne peux pas faire ça, déclarai-je.

Je m'assurai que mon corps ne tremble pas avant de me retourner pour leur faire face. Ils attendaient sur le rondin, leurs visages impassibles. Aucune colère ou déception à la suite de mon emportement.

— Très bien, Fleur, dit Arne. Pourquoi ne te reposes-tu pas ?

— Maintenant ?

Le soleil avait dépassé son apogée, mais demeurait encore haut dans le ciel.

— Il fait chaud, indiqua Erik en haussant les épaules. Arne a placé des talismans autour du camp. Nous sommes en sécurité, pour l'instant. N'as-tu pas sommeil ?

— Non..., commençai-je après avoir saisi une touche d'amusement dans sa voix. Je pourrais dormir.

Je longeai le feu jusqu'au sac de couchage, gardant autant de distance entre les hommes et moi. Les évènements de la journée ne m'avaient pas éreintée, mais mes membres étaient encore faibles et en récupération. Cela me donnerait une chance de regrouper ma force, pour que je puisse résister à ces hommes. Je n'avais pas pensé que mon corps me trahirait.

Mais quand je m'étendis, qu'importe la façon dont je me roulai sur la couverture, je ne n'arrivai pas être confortable.

Mon corps était trop chaud pour mes vêtements.

Mes lèvres inférieures palpitaient, plantureuses et gonflées sous ma robe. Mes tétons étaient pressés contre le tissu. Qu'importe ce qui arrivait à mon corps, le sommeil serait impossible.

Erik se pencha au-dessus de moi, calant son justaucorps enroulé sous ma tête comme coussin. Le cuir contenait son odeur.

— Si la température du jour est de trop, tu peux enlever ta lourde tunique, si tu le souhaites, m'indiqua-t-il en me faisant un clin d'œil.

Je me rapetissai sur un côté du sac de couchage, effrayée à l'idée qu'un simple contact puisse me consumer. La chaleur de la journée n'était rien comparée à la lente brûlure dans mon corps, centrée entre mes jambes.

— Dors-tu là aussi ?

— Préfèrerais-tu que je me Transforme en loup ? questionna-t-il après avoir fait une pause.

— Non. Fais comme tu veux.

Je me roulai sur le côté lui tournant le dos. Un léger souffle souleva mes cheveux et fit courir des frissons le long de mon dos.

Quand je regardai derrière, un loup marron avec des taches noires était posé sur ses fesses, me contemplant.

— Erik ?

— Il pense que tu le câlineras comme tu le fais avec Gunnr s'il est sous sa forme de loup.

Arne s'assit à côté de moi, sa hanche heurtant la mienne. Je me redressai pour protester et il rappliqua plus près, me poussant au milieu du sac de couchage pour que son grand corps puisse prendre la moitié. Arne posa un bras autour de moi, m'attirant sur les couchettes pendant que les loups s'éloignaient en trottant.

— Erik et Gunnr garderont le périmètre. Je leur ai dit qu'il était temps que tu apprennes à t'allonger à côté de tes compagnons sous leur forme humaine. Ne t'inquiète pas, Fleur, sourit-il. Nous dormirons seulement. La vérité est que j'ai besoin de me reposer.

Mon cœur battit plus vite. J'avais rêvé de m'étendre dans les bras de ce guerrier, et à présent, cela allait se passer. Mon corps entier prit vie, des picotements au centre de mes jambes. Ma chatte palpita. Je ne m'étais jamais sentie comme ça auparavant. Une partie de moi voulait courir et se cacher afin que je puisse examiner mon corps et me rassurer que j'étais toujours Fleur, mince, frêle et jeune, ne possédant aucune beauté lumineuse comme c'était le cas pour mes sœurs. Une autre part de moi désirait que je me jette dans les bras accessibles d'Arne, et lui permette de réveiller davantage de la passion latente menaçant de me dévorer.

Le guerrier sourit comme s'il connaissait mes sentiments,

et que je les combattais. Je le laissai m'attirer vers le bas, mais me roulai à nouveau sur le côté pour lui tourner le dos, prudente à ce que nos chairs ne se touchent pas.

Gloussant, il me tira vers lui, mon dos vers son avant. Son contact brûla ma peau et je cachai mon exclamation.

— Que fais-tu ? demandai-je aussitôt que je pus parler sans haleter.

Me serrant plus près contre sa poitrine nue, il drapa une jambe sur la mienne et glissa son bras plus serré contre ma taille.

— Ce que j'ai voulu faire depuis que je t'ai rencontrée. Tais-toi à présent. Tu récupères encore.

Il embrassa l'arrière de mon cou, l'endroit sensible qui rendit mon corps liquide.

Jamais un homme ne m'avait tenue de cette façon. Mes sœurs avaient pu avoir des mâles ayant de l'attrait pour elles, mais je n'avais jamais été belle et désirée.

Jusqu'à maintenant.

J'attendis jusqu'à ce que sa respiration s'égalise.

— J'ai rêvé de toi me tenant comme ça, chuchotai-je. Depuis que tu es venu et que tu m'as guérie.

— Je le sais, petite fleur.

Je m'étonnai quand Arne parla. Sa voix ne semblait pas du tout endormie.

— C'étaient les nuits pendant lesquelles je t'ai imaginée dans mes bras.

Ma main chercha la sienne à l'endroit où elle couvrait mon ventre. Le désir dans sa voix me rendit téméraire.

— Je n'ai jamais su que tu me voulais.

— Vraiment ? demanda-t-il en se relevant, en fronçant les sourcils vers moi.

— Je ne suis pas belle comme mes sœurs et je suis toujours souffrante.

— Ta maladie est seulement un esprit malfaisant qui t'attaque.

— Quoi ? m'exclamai-je en me roulant sur le dos pour lui faire face.

— Je l'ai examiné. En tant qu'aigle, je vole au-dessus du sol et j'ai un peu le don de Vision grâce aux pouvoirs de mes ancêtres. De ce que je peux dire, le mal provient d'une grotte dans un endroit aride et désolé.

— Tu aperçois aussi les Hommes Gris ?

— Pas vraiment. Ce que tu vois comme des « Hommes Gris » sont en réalité des extensions du mal émanant de ces deux endroits. Ils ressemblent à des gens, pour la plupart des yeux humains. Ta Vision te permet de les percevoir comme des âmes en décomposition.

Si je n'étais pas allongée dans le refuge du grand corps d'Arne, totalement protégée, je n'aurais pas eu le courage d'aborder ce sujet.

— Que sont-ils ? demandai-je d'un ton étouffé, comme si le mal dont parlait Arne pourrait être en train d'écouter à proximité.

— Ce ne sont pas des gens, ce ne sont pas des esprits. Ma supposition est qu'ils sont des organismes sacrifiés dans un but malsain. Leurs consciences sont enchaînées et sont contrôlées par un pouvoir plus puissant, une personne possédant suffisamment de magie pour constituer une armée de serviteurs à moitié morts.

— Un mal plus grand ? déglutis-je.

— Oui. Quelle que soit la créature qui dirige les Hommes Gris, elle détient un pouvoir plus vaste qu'une sorcière ou un sorcier. La magie est corrompue au-delà de ce que j'ai connu. C'est de la sorcellerie.

Des frissons vinrent en moi, même si j'étais pressée contre le corps chaud d'Arne. Une sorcière pourrait rassembler du pouvoir grâce à un sacrifice : un peu de sang humain répandu, ou le massacre d'un lapin ou d'un petit oiseau. Plus la proie était grosse, plus la magie était puissante et noire. Quelle sorte de sacrifice réclamait la magie de ce sorcier ?

— Je suppose que le serviteur du magicien t'a trouvée au marché et a essayé de te soumettre pour t'emporter à son créateur, éclaircit Arne en caressant une mèche de mes cheveux. La malédiction est restée avec toi jusqu'à ce que mon talisman le dissipe.

Une malédiction expliquait pourquoi j'avais eu une guérison si rapide.

— Mais j'ai eu des fièvres et des maladies toute ma vie.

— Quand as-tu commencé à voir des Hommes Gris ?

J'étais jeune et je jouais à l'extrémité de la foire où ma mère avait un étal. Quand j'avais désigné la sombre créature, ma mère m'avait dit de me taire. J'avais appris à garder le silence à propos des choses que j'apercevais. Autre que Muriel, personne ne connaissait l'étendue de ma Vision.

Après cette Vision, les fièvres commencèrent.

— Oui, confirma Arne après que je lui aie raconté. Les fièvres se sont réveillées avec ton pouvoir. Tu as senti l'oppression de leur présence et l'as combattue, sans savoir ce que tu faisais.

— Jusqu'à la dernière fois, les Hommes Gris ne m'avaient jamais remarquée. Quelque chose a dû changer.

— Ouais, Fleur. Toi.

Arne s'allongea encore en arrière et glissa à nouveau son bras autour de ma taille. Cette fois, il tint mon poignet en une prise dominante mais rassurante.

— Tu as évolué depuis que tu es parmi les Berserkers. Tu as grandi d'une petite fille pour devenir une adorable jeune femme.

Je retins mon souffle alors que son pouce jouait avec la

peau tendre de l'intérieur de mon poignet. Pouvait-il repérer le moment où mon pouls s'emballait ?

— Je ne crois pas que ce soit ça...

— Non ? murmura-t-il alors que sa bouche était proche de mon oreille, ses lèvres en caressaient les extrémités extérieures. Demain, nous te montrerons à quel point nous te trouvons charmante.

— Je ne voulais pas dire... commençai-je alors que ses dents tiraient sur mon lobe d'oreille et je luttai pour rassembler mes pensées. Je sais que je suis désirée par la meute comme compagne.

— Mmmm, marmonna Arne avec sa langue qui toucha un endroit sensible de mon cou et un frisson me traversa.

— Ce que je voulais dire c'était... Je suppose que la magie de la horde a gardé les Hommes Gris à distance.

— Oui, dit Arne alors que sa bouche quittait ma peau. Et maintenant, mes frères d'armes et moi veillerons à ta protection.

— Mais...

Saisissant mon poignet, Arne déplaça ma main et la pressa au sommet de mes jambes. Je m'exclamai alors que la chaleur faisait une flaque sous ma paume, du désir rouge feu s'écoulant de partout en moi jusqu'à mon centre palpitant.

De quoi étais-je en train de discuter ?

— Que ça te plaise ou non, nous sommes tes partenaires. Nous te le prouverons également. Nous nous sommes promis tous les trois à toi. Par-dessus tout, nous te garderons en sécurité et tu prospéreras sous nos soins.

Il déplaça ma main et la douleur entre mes jambes s'atténua. Ses paroles pénétrèrent comme une marque sur mon âme.

— Dors, maintenant.

Il y avait un ordre dans sa voix, un somnifère pesant sur

mes yeux. Les Alphas pouvaient commander la meute avec un simple mot. Le Berserker me tenant dans ses bras avait ce pouvoir sur moi, j'aurais dû avoir peur de lui, peur du mal qu'il décrivait, mais au lieu de ça, je me sentis en sécurité. Chaque jour qui passait, ces guerriers progressaient plus profondément dans mon cœur.

J'eus une autre pensée endormie.

— Arne ? Les Alphas ont dit que je ne pouvais pas vous choisir, car Gunnr est instable. Mais, vous êtes forts, n'est-ce pas ? Vous n'allez pas perdre le contrôle.

Il fit une pause si longue, que je me demandai s'il m'avait entendue.

— Arne ?

— Laisse-nous nous inquiéter du maintien de nos bêtes. Toi, tu te concentres sur le fait d'aller mieux et de nous accepter en tant que compagnons.

* * *

JE RÊVAI que je nageais dans une chaude rivière langoureuse et quand je me réveillai, la palpitation entre mes jambes avait décuplé.

La main d'Arne leva les cheveux de mon cou. Il l'embrassa doucement, un geste qui me fit frissonner de joie.

— Combien de temps ai-je dormi ?

— Assez longtemps.

Je m'éveillai. Arne était derrière moi, nu, excepté un pagne autour de la partie basse de son corps. Le guerrier était étendu, dévêtu et prêt à côté de moi. Ce n'était pas un rêve.

Je roulai pour faire face au grand guerrier allongé à mes côtés.

— Est-ce que ça va bien, Fleur ?

— Je ne me suis jamais sentie comme ça auparavant. Quelque chose ne va pas chez moi, dis-je alors que mon front brûlait, fiévreux, mais à la place de la faiblesse, mon corps fredonnait l'énergie.

— Tout va bien, me rassura-t-il en enlevant mes cheveux blonds d'une caresse de mon visage.

— Qu'est-ce qu'il se passe ?

— Ce sont tes chaleurs, répondit-il alors que ses yeux s'enflammaient de doré.

Je posai une main sur la poitrine tendue d'Arne. Je désirais tracer ses muscles, déverser du vin le long du plat couleur bronze de son torse, et le lécher pour le nettoyer.

— Je veux... commençai-je en léchant mes lèvres, imaginant tout ce que je lui ferais.

— Que souhaites-tu ?

Il saisit mes poignets, me tirant pour l'enfourcher. Mon corps était tellement léger comparé à la puissance du sien, il me manipula aisément pour me mettre en position assise sur son ventre crispé, et s'allongea en arrière en souriant.

Je soupirai. Avec mes jambes de chaque côté de son corps, ma chatte palpitait précisément sur les arêtes fermes de son abdomen musclé. La douleur entre mes jambes augmenta et je commençai à faire rouler mes hanches, trouvant la friction dont j'avais besoin pour l'assouvir.

— Oui, grogna-t-il alors que je me frottais contre lui.

Mes mamelons se durcirent.

Je me balançai plus vite.

— S'il te plait, le suppliai-je, bien que je ne susse pas pourquoi.

— C'est ça, petite fleur. Utilise-moi comme tu le veux. Trouve ton plaisir.

Je posais ma main sur sa grande poitrine, mes doigts pâles contre sa peau basanée. Ses muscles bandés et ondulés comme s'il se battait pour rester immobile, en me regardant d'un air passionné.

— Arne, soufflai-je.

Il était si beau. Je voulais me pencher complètement et presser mes lèvres sur les siennes, mais je ne pouvais supporter de m'arrêter de me balancer contre lui.

— C'est ça.

Ses yeux se plissèrent. Sa longueur grandit contre mon derrière. J'avais saisi des aperçus de sa taille à travers le pagne qu'il portait tout le temps directement après la Transformation. Quelle sensation cela aurait-il à l'intérieur de moi ? Je ne m'étais jamais demandé une telle chose auparavant, mais à présent les pensées bouillonnaient en moi, des cascades de flammes léchant mes membres. Je ne remarquai même pas que ma robe était remontée, dénudant mon bas, jusqu'à ce que la main d'Arne glisse sous mon fourreau, planant vers mon ventre pour prendre l'un de mes seins dans sa paume. Sa grande main frôla ma chair sensible. Mon dos s'arqua, pressant plus loin dans sa caresse.

Quelque chose en moi cassa net et de la chaleur se déversa au travers de mon corps, un déluge centrant le sommet de mes cuisses.

Je gravis mon orgasme, de petits halètements et cris s'échappant de ma bouche lâche.

Arne observa toute la chose, ses yeux me brûlant, mais pas une seule fois je ne détournai le regard. Ses mains vinrent sur mes hanches, me maintenant.

Aussitôt que je trouvai mon équilibre, sa main droite se faufila à nouveau contre mon ventre nu, juste en dessous du fin fourreau.

— C'était... commença-t-il avant de faire une pause d'émerveillement, sa voix grave grondant jusqu'au plus profond de moi. La chose la plus magnifique que j'ai jamais vue.

Je souris et appuyai mon poids sur lui jusqu'à ce que ma main glisse un peu. Il y avait de l'humidité sur sa poitrine à l'endroit où mes lèvres inférieures l'avaient touché.

Avec un cri d'exclamation, je me ruai sur mes pieds. Je m'étais comportée comme une dévergondée.

— Fleur ? interrogea Arne en se redressant avec de l'inquiétude qui déformait son sourcil.

— Qu'est-ce que c'était ? questionnai-je alors qu'une main collante se levait pour le repousser, et que je reculai. Qu'est-ce que j'ai fait ?

— Tu t'es abandonnée à tes désirs. C'était naturel et bon.

— C'était mal. Je n'aurais pas dû le faire.

— Parle-moi, Fleur, m'apaisa Arne. Raconte-moi tes peurs.

— Ce n'était pas supposé arriver. Ce n'est pas mon destin.

J'avais vu ma mort et l'avais acceptée. Je ne pouvais pas tomber amoureuse.

— J'ai profité de toi. Je suis désolée.

— Doucement, doucement. Tu n'as rien fait que je n'ai pas permis. Penses-tu vraiment que je n'aurais pas pu t'arrêter si je le voulais ?

Ses gentilles taquineries cassèrent une barrière supplémentaire. Je laissai sortir un autre rire nerveux et continuai de reculer. Ces hommes étaient plus dangereux que je ne l'avais réalisé. Mon stupide corps était beaucoup trop disposé à me trahir, une fois de plus.

Je tournoyai pour m'enfuir et des bras tatoués m'attrapèrent.

— Oh non, petite, dit Erik. Tu ne nous fuiras pas à présent.

Mon combat ne servit à rien. Emmitouflée dans ses bras, je m'affaissai contre sa silhouette massive.

— Je ne peux pas être comme ça.

— Pourquoi pas ? demanda Arne.

— Ne nous désires-tu pas ?

— Ça n'a pas d'importance. Je ne peux pas faire ça.

Je luttai à nouveau et Erik me posa. Au lieu de m'enfuir, j'attrapai la cape en fourrure et m'enveloppai dedans.

— Je ne veux pas que vous me voyiez comme ça.

— Quoi ? s'écria Arne.

— Pourquoi pas ? pressa Erik.

— Parce que je suis horrible, m'exclamai-je alors que mes joues rougissaient d'humiliation de devoir m'expliquer. Je suis trop maigre et fragile.

— Tu plaisantes, grogna Erik.

— Dis-nous, Fleur, tenta Arne en tendant une main, signalant à son frère d'armes de se calmer.

— Je ne suis pas comme mes sœurs, commençai-je en estimant qu'elles étaient toutes fortes et charmantes. Je ne suis pas belle ou digne d'être une femme de Berserkers.

Et je ne survivrai pas au-delà de cette année. Je cachai profondément cette pensée. Je n'admettrais jamais ça à ces hommes, car cela détruirait leur espoir. Je tenais trop à eux, malgré la lutte contre mes sentiments. Mieux valait les repousser pour qu'ils m'abandonnent avant que je meure.

— Fleur, penses-tu vraiment que tu n'es pas magnifique ? questionna Arne.

— Je ne peux pas y croire, protesta Erik qui paraissait fâché, comme si quelqu'un l'avait insulté. Nous risquerions nos vies pour avoir une chance de te posséder...

— Nous l'avons déjà fait, interrompit Arne.

— Et tu n'imagines pas en être digne.

Le guerrier aux cheveux noirs s'approcha d'un pas raide, trop rapidement pour que je puisse reculer. Des mains rugueuses saisirent mon visage, son contact doux.

— Ne peux-tu pas être sérieuse ?

Je n'osai pas répondre.

— Une lumière brille dans tes yeux, confia-t-il alors que ses doigts caressaient mon menton. Tes joues sont roses de santé.

Les mains d'Arne s'installèrent au-dessus de mes hanches.

— Ta taille est concise, assez petite pour que je la couvre avec mes mains.

— Tu as une silhouette avenante, continua Erik en glissant ses doigts le long de mon cou et de mes épaules. Ton corps, tes seins... Je ne t'ai même pas encore vue, mais j'en ai envie.

Il laissa tomber ses yeux plus bas.

Mes jambes chancelèrent. Erik me rattrapa dans ses bras.

— S'il vous plaît, vous ne devriez pas me toucher, protestai-je, alors même que mes organes se serraient d'une délicieuse excitation.

Un grognement grave me fit taire. Je ne parlais plus avec l'homme Erik, mais avec la bête à l'intérieur, sauvage et indomptée. Arne marcha d'un pas raide derrière nous, un regard similaire en férocité dans ses yeux. Ma peau picota. Était-ce possible qu'ils me désirent vraiment ?

Ils me portèrent de nouveau vers le bassin forestier. Une ombre fonça au travers des arbres, mais le loup couleur nuit n'apparut pas.

— Est-ce Gunnr ? demandai-je.

— Oui, indiqua Arne. Mais jusqu'à ce qu'il soit un homme, il ne prendra pas part à ça.

— À quoi ? questionnai-je alors qu'Erik s'arrêtait très proche et m'installait au sol pour retirer ma cape.

— Que fais-tu ?

— Ce que j'aurais dû faire depuis le début.

En un souffle, il me déshabilla de mon léger fourreau. Je croisai les bras sur mon corps, et Erik força gentiment mes mains à descendre.

Ma forme pâle était totalement exposée. De petits seins, une taille étroite s'emportant vers mes hanches et mon cul. Un duvet doré cachait mes lèvres inférieures. Mes jambes étaient maigres, mais fermes avec du muscle.

Une part de moi était excitée. Une part de moi voulait qu'ils me voient complètement. Je m'étais sentie si forte et jolie, en chevauchant Arne jusqu'à l'orgasme. Peut-être que je pouvais avoir un autre morceau de plaisir, juste une fois, avant d'avoir encore à repousser ces hommes.

Les guerriers me fixèrent tellement longtemps que je devins nerveuse à nouveau.

Erik leva sa main comme pour me toucher, mais n'enleva qu'une mèche de cheveux derrière mon épaule.

— C'est ce que tu cherches à nous cacher ?

J'acquiesçai.

— Je risquerais un millier de fois la mort pour avoir une chance de te tenir, déclara-t-il avec du doré éclairant ses yeux.

— N'est-ce pas uniquement la magie entre nous ? Mes capacités à calmer ta malédiction ?

— Nous ne mentirons pas en disant que nous ne te voulons pas pour ça. Mais nous sommes aussi des hommes. Et tu es la femme que nous désirons.

— Voilà, fille. Nous te le prouverons.

Arne posa une cape en fourrure au sol sur une large pierre plate, et Erik m'installa dessus.

Ils me tendirent un bol d'eau, une fiole d'huile et une lame.

— Qu'est-ce ?

Les deux hommes s'agenouillèrent à côté, arrachant leurs pagnes.

— Nous désirons te voir, dit Erik.

— Me voir ?

— Ouais. Tout entière, indiqua-t-il en me pointant du doigt. Nous souhaitons que tu sois à nu entre tes jambes.

— Fleur, nous voulons que tu te rases. Nous allons observer.

— Quoi ?

— Si tu ne le fais pas, je le ferai, grogna Erik en commençant à se mettre debout, mais Arne saisit son bras.

— Non, non, je vais le faire, lançai-je.

Bien que je ne fusse pas sûre de pouvoir avec eux qui étaient accroupis si proche, leurs regards dorés dévorant ma chair.

Levant la lame, je forçai ma main à être stable.

— Écarte tes jambes.

Je le fis et ils se penchèrent tous les deux en avant.

— Encore plus, fille.

Les pieds éloignés à plat sur le rocher, je badigeonnai mes lèvres inférieures d'huile.

Avec des gestes prudents, je rasai mes poils blonds. À la fin, mes lèvres furent dénudées et brillantes d'huile.

— Allonge-toi, commanda Arne.

Je tressaillis quand ils bougèrent pour s'asseoir de chaque côté de moi.

— Que faites-vous ?

— Shhh, sois tranquille. Nous ne te ferons pas de mal.

Une main couleur bronze et une autre tatouée avancèrent furtivement au-dessus de ma peau, entraînant une chair de poule à la promesse de leurs caresses.

— Mets tes mains sur ta tête et laisse-les là. Si tu les bouges, nous t'attacherons. Compris ?

Je hochai la tête.

À la place de doigts, une plume me toucha. Arne traça ma clavicule avec.

— Tu as toujours la plume que je t'ai donnée.

— Oui, je l'ai gardée, soufflai-je.

Son sourire fut ma récompense.

Quelque chose chatouilla mon flanc. Erik fit courir une fleur le long de la courbe de ma taille et la fit tourbillonner vers le haut pour danser sous mes seins nus.

— Ferme tes yeux, fille. Laisse-nous t'apprécier.

La fleur et la plume dansèrent sur ma peau. De temps à autre, un frisson me traversait, commençant et se terminant à mon centre palpitant.

— Tends la main et sépare tes lèvres inférieures, ordonna Erik.

Je soupirai alors que mes doigts écartaient les plis rebondis. Mes lèvres étaient chaudes et gonflées.

— Ta saveur sucrée s'épanche à la caresse la plus légère, grogna Arne.

— Voilà, fille. Goûte-la.

La fleur frôla ma bouche, étalant mes jus sur mes lèvres avant de retourner à nouveau entre mes jambes.

Mes genoux firent un mouvement brusque pour se resserrer.

— Maintiens tes jambes ouvertes, petite fleur, ou nous les fixerons pour les conserver écartées.

— Ce serait une vue plaisante. Enroulant les cordes autour de ses membres, attachant les extrémités à un arbre, éloignant ses bras et ses jambes. La gardant accrochée et sans défense, à nous attendre.

Je haletai. Ses mots déclenchèrent un incendie qui s'empara de moi. Les muscles de mon centre se serrèrent, se languissant d'une libération hors d'atteinte.

La plume frotta mes seins, la fleur se pressa entre mes jambes.

Juste au moment où je ne pouvais plus le supporter, ils partirent tous les deux.

J'ouvris mes yeux.

— Je vais utiliser ça pour m'introduire en toi, indiqua Arne en tenant un cylindre en bois qui rétrécissait d'un côté en une pointe. Il étincelait d'huile. Cela cassera la barrière de peau se trouvant à ton entrée. Cela fera un peu mal, mais nous te donnerons alors un grand plaisir.

J'acquiesçai.

— Peux-tu garder tes jambes écartées pour moi ou souhaites-tu qu'Erik t'assiste ?

— S'il te plait, aide-moi, répondis-je en clignant des yeux devant le magnifique visage d'Erik.

— Je le ferai, fille.

Au lieu de me tenir en bas, comme je m'y attendais, il se pencha sur moi. Ses lèvres trouvèrent les miennes, sa barbe chatouillant ma bouche.

Arne s'assit entre mes jambes et la pièce en bois entra en moi. D'un mouvement rapide, elle déchira quelque chose à l'intérieur avec une légère douleur.

Le petit élancement n'était rien comparé à la palpitation exubérante entre mes jambes.

— Comment c'était, Fleur ?

— Mmmm, fredonnai-je heureuse contre les lèvres d'Erik. Plus.

— Bien, gloussa Arne. Et à présent, le plaisir.

Erik se redressa. Il prit un téton entre un doigt et son pouce et le tira légèrement.

Je me tortillai, mais ne fis rien pour l'arrêter.

— Fais à nouveau ça, indiqua Arne. Elle aime ça. Sa chatte renverse du miel.

Avant que je puisse fermer mes jambes, le grand guerrier s'empara de mes genoux et poussa mes jambes pour les ouvrir davantage.

— Ton corps s'ouvre telle une fleur pour moi. Si adorable et en attente. Je vais utiliser mes doigts pour te donner du plaisir.

— Oui, s'il te plait, soufflai-je.

Arne joua avec mes pétales roses, ses caresses expertes ravivant les flammes de mon centre de plus en plus haut.

Erik toucha mon mamelon du pouce et cela en fut trop.

Le plaisir se brisa sur moi en de courtes vagues. Mes hanches se balancèrent involontairement.

— Oui. C'est ça, petite. Prends ton plaisir.

Mon orgasme fourmillait encore en moi quand les hommes retirèrent leurs mains.

— Qu'est-ce que c'était ?

— Le commencement, me sourit Arne.

CHAPITRE 5

*A*près ça, cela ne servit à rien de lutter contre leurs caresses. À la place de la robe, les guerriers drapèrent la cape sur mes épaules et je la portai autour du campement alors qu'ils rôtissaient davantage de viande.

De temps à autre, Arne ou Erik m'attirait près et ouvrait la couche de fourrure pour contempler ma chair nue. Leurs regards me réchauffaient encore plus jusqu'à ce que je me penche sur eux, les suppliant presque de me toucher.

Quand la nuit tomba, Erik me redressa dans son giron et me nourrit avec sa main. Je passai la langue sur ses doigts pendant qu'Arne nous fixait de l'autre côté du feu, buvant de l'hydromel.

— Va vers lui, ordonna Erik.

Je me levai et il tira sur la robe.

— Nue.

Ivre de leur plaisir et du mien, je la laissai basculer et marchai lentement vers le guerrier, déplaçant mes hanches de manière séductrice. La lueur du brasier lécha ma chair dévêtue, la modelant de doré et d'ombre.

Quand je me tins devant lui, Arne offrit l'outre.

— Veux-tu un peu d'hydromel, petite fleur ?

Mordant ma lèvre, j'acquiesçai.

Jetant une peau à ses pieds, il la montra du doigt.

— Alors, agenouille-toi.

Je le fis, mes mains sur ses jambes musclées. Je ne pouvais pas empêcher mon regard de parcourir la bosse de sa culotte en cuir.

— Bois, dit-il en maintenant la gourde à mes lèvres.

Je gardai mes mains sur ses genoux et acceptai ce qu'il renversait dans ma bouche, léchant mes lèvres après avoir avalé la gorgée. Son grand torse montait et tombait rapidement.

— Mon tour, appela Erik.

Je me levai et saisis l'outre, quand je pivotai, les mains d'Arne prirent la courbe de mon cul.

Je souris pour l'encourager.

Les canines d'Erik brillèrent de blanc à la lumière du feu. Il désigna le sol entre ses pieds.

— La même chose que quand tu étais avec Arne.

Je m'agenouillai et soulevai la gourde pour lui, je regardai la forte ligne de son cou déglutir alors qu'il s'abreuvait.

Il la mit sur mes lèvres et je bus. Arne prit la peau pour une autre gorgée. Cette fois, il se pencha en avant et m'embrassa, le goût d'hydromel et d'homme. Je posai mes mains le long du plat de la barbe de trois jours sur sa mâchoire, écrasant ma bouche contre la sienne alors que le liquide se déversait dans ma bouche.

— Encore, réclamai-je en gardant mes mains où elles étaient quand il se retira.

— Une avide.

Il m'embrassa à nouveau, sans la bière, et j'entortillai mes bras autour de son cou, à moitié sur ses genoux, à moitié en dehors, complètement dévorée par le plaisir de sa bouche.

Ma poitrine se souleva et chuta rapidement quand nos lèvres se séparèrent.

— Je me sens chaude, lui indiquai-je.

Prenant sa grande main, je la glissai le long de mon corps dénudé et la pressai entre mes jambes. Ses doigts me cajolèrent et je m'arquai en arrière, les mains sur ses épaules, poussant un peu plus vers sa caresse.

— Fleur... commença Erik alors qu'un air blessé traversait son visage.

Avant qu'il puisse bouger, je l'enfourchai, broyant l'épaisse longueur de sa bite, ferme et prête sous sa culotte. J'avais vu deux villageois pendant une rencontre secrète et m'étais questionnée sur leurs corps se tortillant de manière frénétique. Je comprenais maintenant. La chaleur revendiqua mon esprit et tout c'à quoi je pus penser fut de me frotter jusqu'à satiété.

Arne fut soudain derrière moi, m'enveloppant dans la cape de fourrure, me soulevant.

— Pas encore, petite fleur.

Un gémissement éclata depuis ma bouche. Je luttai et il me tourna pour lui faire face.

— Je le souhaite, suppliai-je. Je vous veux.

— Nous savons, petite Fleur. Pas ce soir, quand tu es sous l'emprise de la boisson.

— S'il vous plait, je me languis de vous, implorai-je en glissant le long de son large torse, et griffant ses beaux muscles.

— Fleur, s'exclama Erik alors que ses bras me capturaient de derrière.

— Non, criai-je.

— Nous te prendrons bientôt, je le promets, chuchota-t-il intensément. Mais pas avant que tu sois prête.

— Je suis prête. Je vous veux.

— Tu es jeune et fragile.

Je le frappai, un rugissement explosant depuis ma bouche. La pression entre mes jambes était insupportable, elle me remplissait d'un manque qui faisait palpiter mon crâne. Je me métamorphosai en une chose sauvage.

Erik me souleva aisément et me posa sur le sac de couchage. Il me maintint en bas, épinglant mes poignets au-dessus de ma tête, m'accablant de son poids avec son corps.

Je me battis autant que je le pus, mais ne bougeai pas d'un poil. Il attendit jusqu'à ce que j'arrête de rouer des coups et devienne molle sous lui.

— Resteras-tu tranquille ?

— Oui, indiquai-je alors que ma tête se reposait sur le sol, et que la pression insistante était passée. Je vais mieux à présent.

Il me laissa me relever, mais m'attira dans son giron comme je l'étais tantôt. Cette fois, il tint mes poignets derrière moi.

— Tu nous obéiras. Tu satisferas tous nos désirs, mais pas avant que nous soyons tous prêts.

— Excuse-moi, murmurai-je.

— Il n'y a rien à pardonner. Nous te voulons, Fleur, n'aie aucun doute là-dessus, mais nous devons aller doucement ou nous risquerions de perdre le contrôle.

— Je sais. Je ne sais pas ce qu'il s'est passé. Je ne comprends pas ce qui m'a pris.

— C'était tes chaleurs, déclara Erik en relâchant mes bras et je les enveloppai autour de moi-même, me sentant misérable.

— N'aie pas honte, me rassura Arne en s'agenouillant près de nous. C'est un bon signe.

— Mon corps n'est pas le mien, dis-je en direction du sol.

— Non. Il est à nous et nous nous occuperons de toi avec attention, ajouta Arne, et Erik força mes bras à s'ouvrir.

Les deux hommes s'allongèrent avec moi, de chaque côté. Je fis face au Maure.

— Quand nous te prendrons, Fleur, tu sauras sans aucun doute que tu nous appartiens.

Au-delà de lui, le loup noir Gunnr était au bord des arbres, nous observant. J'avais passé toutes les nuits avec lui depuis que ses frères d'armes m'avaient revendiquée, mais les choses avaient changé. J'étais une nouvelle femme, touchée par mes propres désirs. Les guerriers m'avaient rendue prête et avide de notre futur accouplement, et je me reposerais entre eux, une femme avec ses amants.

Il n'y avait plus de place pour le loup.

— Dors à présent.

Erik me glissa plus près de son corps. Arne captura ma main et la tint sur son torse avant de fermer les yeux.

Gunnr s'éloigna à grandes enjambées.

JE DORMIS PROFONDÉMENT entre mes deux guerriers et me réveillai seulement quand je fus soulevée dans les bras de quelqu'un.

— Quoi...?

— Ne parle pas, petite, chuchota Erik. Arne a repéré un groupe de Berserkers. La meute est proche de nous trouver, alors nous nous mettons en route.

Cela m'amena à être bien éveillée. Il courut en me portant empaquetée dans la cape de fourrure avec Gunnr galopant à nos côtés. Nous rencontrâmes Arne sur les rives du ruisseau.

— Ils ont perdu la trace, rapporta-t-il. Mais, ils la retrouveront peut-être bientôt. J'ai laissé de faux vestiges d'un campement à une lieue au sud d'ici.

— Nous devons trouver un autre emplacement où nous

installer, lança Erik en fronçant les sourcils. Tous ces voyages sont durs pour notre compagne.

Je protestai presque que j'étais assez forte pour suivre, mais cela aurait été inutile.

— Où irons-nous ? demandai-je à la place.

— Quel est le dernier endroit où ils iront chercher ? questionna Erik en me bougeant dans ses bras, mais sans me mettre à terre.

— Au milieu d'une ville.

— Ils pensent que nous sommes instables, médita Arne. Sans Fleur, nous le sommes. Mais, elle peut apprivoiser la bête. Avec elle, notre contrôle devient plus fort chaque jour.

Gunnr gémit.

— Nous trouvons un lieu calme, à l'extrémité d'un village animé. Proche d'assez de gens pour que les Berserkers restent à distance, continua Arne. Nous prenons un logement et nous nous mélangeons.

— Les seigneurs de cette terre n'apprécieront pas, prévint Erik.

— Nous ne serons pas là assez longtemps pour attirer leur attention. Juste assez longtemps pour nous lier avec notre conjointe. Puis, nous retournerons voir la meute.

— Nous le ferons ? m'exclamai-je. Mais, ils vous tueront !

— Nous espérons que non. D'ici là, nous aurons gagné les faveurs de notre dame.

Arne me fit un clin d'œil. Gunnr aboya, avec sa queue balayant en va-et-vient.

— Nous ne pouvons pas rester en dehors de la horde pour toujours, Fleur. Les loups sont des êtres sociaux. Nous avons besoin de la meute pour survivre.

— Un loup solitaire est un loup mort.

— Mais... ne pourriez-vous pas créer votre propre clan ? Vous trois ?

— Est-ce ce que tu souhaites ? Être en fuite avec nous trois, et ne jamais revoir tes sœurs ?

Je ne répondis pas. Mon plan pour eux ne m'incluait pas.

Quand Erik réalisa ceci, son expression s'assombrit.

— Tu ne te débarrasseras pas de nous aussi facilement, Fleur. La nuit dernière était juste le début. Bientôt, nous finirons ce que nous avons commencé et tu ne seras pas capable de nier le lien entre nous.

Je demeurai silencieuse pendant le restant du voyage ce jour-là. Bien que je tinsse à eux, je ne pouvais pas rester avec ces hommes. Je ne leur avais toujours pas parlé de ma mort imminente. Cela semblait tellement cruel de leur arracher leur espoir.

Je pouvais seulement escompter qu'au moment où la Meute nous rattraperait, les Alphas m'écouteraient et seraient cléments.

— Quelque chose te tracasse, Fleur ?

Nous voyagions à côté d'une rivière déchaînée. De temps à autre, Erik pataugea dans l'eau et bondit de rocher en rocher, masquant la piste de notre odeur. Malgré le soleil chaud et haut, ainsi que sa vitesse, il n'avait pas transpiré. Il me porta haut sur sa poitrine en me tenant prudemment et tendrement, et ce, même s'il réalisait des sauts téméraires.

— Je suis simplement inquiète que la meute nous rattrape.

— Aie confiance en tes compagnons.

Il le dit si sincèrement que je ne pus pas rouler des yeux.

Quand la rivière tourna, nous continuâmes dans les bois, là où il me déposa.

— Prends ton temps, fille. Étire-toi, fais tes affaires. Mais, ne t'éloigne pas.

Je me précipitai derrière un buisson et quand je revins, Erik fronçait les sourcils, frottant ses tempes. Sa grimace disparut au moment où je le rejoignis.

Je prétendis n'avoir pas remarqué et je désignai un bout de ciel entre les arbres.

— Est-ce qu'Arne vole comme un aigle ?

— Ouais. Il dit qu'il y aura de la pluie ce soir. Nous trouverons un abri pour toi. Arne a repéré quelques endroits où nous pourrions rester. Gunnr court devant nous sous sa forme de loup, explorant pour nous.

— Alors, vous êtes souvent en patrouille comme ça ?

— Ouais. Assez fréquemment. Nous sommes habitués à être loin de la meute, bien que cela pèse sur nous après un moment.

Nous marchâmes vers la rivière pour étancher notre soif et Erik m'offrit un bout de viande séchée de son sac.

Il continua à frotter son front pendant que je finissais la viande et lavais mes mains dans le ruisseau.

— Ça va ? demandai-je.

— Ouais. C'est rien. Viens, nous devons nous mettre en route.

Pendant qu'Erik me portait, j'étudiai son visage. Bien qu'il ait vécu un siècle ou plus, il ne semblait pas plus vieux qu'un homme de vingt-cinq ans. Excepté sa taille et sa grande force, il passerait pour un homme que j'aurais pu connaître dans mon ancien village.

— Attention, grogna-t-il en me secouant pour me sortir de ma rêverie. Nous avons une autre lieue à faire, mais je te poserai à terre si tu ne t'arrêtes pas de me fixer.

— Désolée.

Je tournai ma tête pour observer le paysage défiler, un flou à cause de la vitesse à laquelle il voyageait. Quand nous arrivâmes à un chemin érodé, de l'herbe poussant sur la voie ferrée, il ralentit, mais pas de beaucoup.

— Je pensais que tu avais dit que je pouvais te regarder.

— Ça n'a rien à voir avec les règles de la meute, fille. Je suis heureux que tu me scrutes, en particulier si tu me contemples de cette manière. Mais, je ne peux pas m'arrêter pour céder à la tentation.

— Oh.

Mes joues rougirent. Chaudes et conscientes d'être dans ses bras. Il me transportait moins tels un sac de grain ou un fardeau essentiel, et plus de la façon dont un homme porte une femme sur le seuil de la maison qu'il a construite pour elle. Cela avait probablement toujours été comme ça, mais je ne le remarquai que maintenant.

De son plein gré, mon doigt traça le tatouage sur le côté de son cou. Mon corps mou se modela contre ses fermes muscles. Mes tétons se tendirent en pointe.

Il grogna et changea de direction, quittant le chemin et se précipitant dans la forêt. Quand nous atteignîmes un petit bois profond où la lumière pénétrait à peine les arbres, il me balança par terre.

— Est-ce que tout va bien ? questionnai-je en faisant une ou deux foulées en arrière, essayant de reprendre le contrôle de moi-même.

Une erreur, la tête d'Erik pivota vers moi, les yeux dorés, m'apparaissant comme le prédateur qu'il était.

— Ouais, grogna-t-il, marchant vers l'avant d'un pas raide.

— Je suis désolée, lui dis-je en tordant mes mains dans mes jupes.

Le tissu était une armure fragile face au regard immobile du chasseur.

— Je ne voulais pas allécher ta bête.

Je me forçai à tenir bon. Erik termina la distance entre nous. Ses mains se fixèrent sur mes hanches et me conduisirent contre son corps. Mes bras allèrent automatiquement autour de lui.

— C'est pas grave. Tu es toujours une tentation pour moi.

Je m'immobilisai alors qu'il penchait sa tête et enfouissait son nez dans mes cheveux.

— Tu sens tellement bon.

— Ne devrions-nous pas continuer ? chuchotai-je.

— Mes frères d'armes nous rejoignent ici. D'ici là, j'ai une façon de passer le temps.

Je déglutis.

Lentement, il me repoussa.

— Bientôt, nous serons dans une habitation privée qu'Arne et Gunnr ont repérée pour nous, à côté d'un village plein de gens.

— C'est bien, me risquai-je.

— Avant que nous allions là-bas, tu dois connaître les règles.

— Les règles ? Pour être avec vous ?

— Oui, et être notre partenaire.

— Très bien.

Je ne serais jamais leur compagne. J'avais besoin de trouver un moyen de leur dire.

Erik souleva les cheveux de ma nuque et posa sa main là, le pouce et les doigts me prenant presque au collet.

— Règle numéro un, nous attendons de toi que tu nous obéisses parfaitement et complètement.

Je voulus me tirer d'un coup sec, mais sa main sur mon cou me gardait en place.

— Nous répondons tous à quelqu'un. Les membres de la meute appartiennent à une hiérarchie. Les plus faibles se soumettent aux plus forts, et en retour les plus forts les protègent. Tout le monde, de l'Alpha jusqu'à une conjointe enceinte et fragile, fait partie de cette structure. Comprends-tu ?

— Oui.

— Bien. Tant que tu es avec nous, tu obéiras à nos règles et nos lois. En tant que compagne, tu devras toujours nous écouter. Nous combattrons et mourrons pour toi. En retour, tu suis nos directives pour que l'on puisse te protéger. Je sais que cela peut être difficile.

Il baissa sa voix jusqu'à atteindre un ronronnement sexy.

— Mais fait comme je le dis et tu peux être sûre d'en apprécier la récompense.

Je mordis ma lèvre pour retenir ma réponse. Cela ne ferait pas de mal d'appliquer leurs règles. J'en avais déjà eu un aperçu, en vivant parmi la meute.

— Qu'en penses-tu, Fleur ? Obéiras-tu à nos ordres ? demanda Erik, son pouce caressant mon pouls.

— Oui, acceptai-je.

— Bien, dit-il en me relâchant soudainement. Faisons un test.

Je levai mes sourcils.

Il fit un mouvement brusque de sa tête vers la droite.

— Vois-tu ce rondin ?

— Oui.

L'imposant arbre était tombé quelque temps auparavant, ses branches le tenaient un peu en dehors du sol.

— Va là-bas, allonge-toi dessus et soulève ta robe.

J'en fus bouche bée.

— Fais-le.

À mon grand agacement, mes pieds commencèrent à me porter là-bas aussitôt qu'il en donna l'ordre. Mon corps était parfait et prêt pour satisfaire mon magnifique Berserker.

— Pourquoi ? demandai-je pourtant d'un ton acerbe provenant.

— Si tu avais besoin de le savoir, je te le dirais, indiqua-t-il en croisant ses bras devant lui. Poser des questions fait perdre un temps précieux.

Son regard fixe fit battre mon cœur plus vite et pas de peur. Que m'arrivait-il ?

Ses mains en poings sur mes flancs, je m'arrêtai à mi-chemin entre le rondin et lui. Au final, je marchai vers l'arbre tombé et me mis dessus.

— Et ta robe, me rappela-t-il.

L'ordre affaiblit mes genoux et raidit ma colonne simultanément.

Les joues brûlantes et l'estomac comprimé, je soulevai mes jupes, dénudant mes jambes et mon postérieur. La position humiliante me fit serrer des dents, mais je ne pouvais pas nier le filet d'excitation qui fit son chemin entre mes jambes.

Erik fut à côté de moi en un éclair, me surprenant, mais je ne fis pas tomber la robe.

— Bonne fille, ronronna-t-il et un frisson de chaleur s'enroula en moi au mot tendre.

Son corps ferme me pressa, sa hanche appuyant contre le rondin alors qu'il passait une main sur mon cul. Un frémissement me prit au léger contact.

— À présent, tu vas avoir ta récompense pour m'avoir obéi. Bientôt, tu arriveras à l'apprécier.

Je n'aimais pas être pliée et vulnérable face au grand guerrier, mais mon dos s'arqua, poussant mon cul vers ses caresses.

— Oh, oui, tu veux ça, gloussa-t-il. Ton esprit hait la soumission, mais ton corps adore ça. Place tes mains sur le rondin.

Je le fis et il soutint mes jupes d'une main, frottant mon derrière sensible de l'autre. Je creusai l'écorce de mes ongles.

— Je t'aime comme ça. Penche-toi vers l'avant, sans défense devant mes cajoleries. Je pourrais t'ordonner d'adopter cette posture vingt fois par jour et ne pas en avoir assez.

Ses mains errèrent entre mes jambes et je me tendis, me poussant sur la pointe des pieds pour échapper à ses caresses réjouissantes.

— Non, non, me calma-t-il en posant une main apaisante sur mon cul. Détends-toi, petite fleur. Je te toucherai au moment et de la façon dont je le désire.

Je me baissai encore une fois.

— Bonne fille, gloussa-t-il à nouveau. Maintenant, ouvre les jambes et reste immobile. Je souhaite voir si tu es en chaleur.

J'obéis, drapant le bas de mon corps sur le rondin, incapable de me retenir alors qu'il me caressait.

— Tellement glissante.

Son doigt se trempa entre mes plis. Je serrai mes yeux fermés pour me concentrer sur la sensation.

— Aimes-tu ça, Fleur ?

Un long doigt se baigna à l'intérieur de moi et mes genoux avancèrent doucement ensemble.

Il claqua ma fesse droite et je criai, me cabrant.

— Pas de ça.

Avec la main maintenant mes jupes, il m'empressa de me baisser. Sa main ferme prit mon derrière dans sa paume et pressa.

— C'était pour quoi ? m'écriai-je en trouvant ma voix.

La gifle piqua un peu, mais fut assez forte pour laisser une empreinte rouge écarlate sur mon cul, j'étais sûre.

— Une punition, expliqua-t-il alors que sa voix portait un sourire. Garde tes jambes ouvertes pour ton maître.

Ravalant une plainte, je me déposai à nouveau sur le rondin, ses doigts plongèrent une nouvelle fois. Mes genoux oscillèrent, mais ne se fermèrent pas.

— Il semble que cette fessée n'ait pas vraiment été un châtiment pour toi, gloussa-t-il.

— Que veux-tu dire ?

— Viens là.

Il me releva avec un bras autour de ma taille. Me retournant, il me fit me cramponner à lui alors que ses doigts frôlaient un endroit agréable et envoyaient des étincelles danser en moi. Je tremblai et retins mon souffle, attendant d'en avoir plus, mais sa main s'éloigna.

— Tu es trempée. Tu n'aimes peut-être pas te soumettre à moi, mais ton corps en brûle d'envie.

— Ce n'est pas vrai, m'exclamai-je en faisant un mouvement brusque en arrière.

Il frappa mes fesses trois fois en une succession rapide.

— Arrête ça, sifflai-je en reculant, me frottant le derrière qui picotait.

Le coup n'avait pas vraiment fait mal, mais je n'appréciais tout de même pas ça.

Ou bien si ?

Erik s'esclaffa et me laissa partir.

— Que se passe-t-il, frère ?

Des bras musclés s'enveloppèrent autour de moi, me retirant d'Erik. Le gloussement d'Arne souffla en rafales dans mes cheveux.

— Juste une petite punition, indiqua Erik d'un sourire suffisant. Regarde-la, frère. Je pense qu'elle aime ça.

— C'est pas vrai, protestai-je plus fort.

Les doigts d'Arne glissèrent entre mes jambes, me frottant, je me tortillai pour me libérer de la délicieuse sensation.

— Même si tu nous mens, Fleur, ton corps, lui, non.

Il me montra ses doigts collants.

Je détournai ma tête, plissant mon nez.

Arne me relâcha en rigolant aussi. Il passa un doigt dans sa bouche et le suça pour le nettoyer, ses yeux dans les miens.

— Elle n'est pas en chaleur, pas encore vraiment.

— Nous verrons ce que nous pouvons faire à ce sujet.

Le sourire d'Arne était malicieux.

Un court aboiement résonna.

— Gunnr est là pour nous guider jusqu'à la maison que nous avons trouvée pour nous. Viens, Fleur.

Arne prit ma main. Mon cul et ma chatte palpitaient alors que je trottai à ses côtés. Je l'ignorai aussi bien que je le pus, mais quand Arne s'arrêta à une bifurcation de la route pour discuter du chemin avec Erik, je relevai ma jupe pour vérifier mon derrière. Les fesses pâles n'étaient pas marquées.

— Déçue, fille ?

Je redescendis ma robe, mais pas avant qu'Erik ne prenne ma fesse droite dans sa main et ne presse.

— La prochaine fois, petite fleur, nous t'attacherons au sol et te frapperons jusqu'à faire rougir ton derrière. Et si tu protestes, nous te bâillonnerons et choisirons notre tour pour le fouet, se moqua-t-il, mais son expression était respectueuse alors qu'il touchait du doigt ma peau douce.

Je repoussai sa main et tirai sur ma robe d'un coup sec. Je devais reprendre la situation, et mes propres réponses, en main.

— Tu n'oserais pas.

— Si. Je pense que tu aimerais ça.

— Je sens ta chatte d'ici, remarqua Arne.

Les deux guerriers se profilèrent au-dessus de moi. Grands et larges, ils pouvaient aisément me maîtriser. Mes tétons se durcirent. Je frissonnai, mais ils prirent seulement un coude dans chaque main et m'escortèrent à l'endroit où nous allions passer la nuit.

CHAPITRE 6

*L*a cabane se tenait au bord d'un champ vide, des planches noircies comme si elles avaient été dans un feu. Mes pas ralentirent, mais les guerriers me poussèrent en avant.

— C'est plus robuste qu'il n'y paraît.

— Je ne vais pas dormir là-dedans, dis-je en faisant une grimace. Vous devez trouver un endroit plus propre.

— Tu exiges un grand nombre de choses pour quelqu'un qui a juré obéissance tantôt.

— Peut-être que nous devrions prendre un fouet, juste pour être prêts, murmura Arne.

— Viens, fille. Fais confiance à tes compagnons.

— *Vous n'êtes pas mes compagnons*, dis-je presque tout haut, mais je me rattrapai à temps.

Erik devina mes pensées, à juger par l'air déterminé sur son visage.

Alors que nous approchions, Gunnr le loup sortit par la porte et aboya.

— Gunnr dit que ce sera mieux que de dormir sous la

pluie. Il a passé tout l'après-midi à chasser un bon gros lapin pour ton diner.

Quand j'hésitai à faire un pas à l'intérieur, Erik me prit dans ses bras et me porta pour franchir le palier. L'habitacle n'était pas aussi vilain que j'imaginais. Les planches du mur étaient assez robustes, juste humides et sentant l'ancienne fumée.

Erik me posa à côté du foyer en pierre.

— Voilà. Arne va démarrer un feu et ce sera tout ce que tu pourrais souhaiter d'une maison.

Avec deux hommes s'affairant en même temps, le brasier fut construit et la viande fut mise à cuire. J'aidai en m'étendant sur le sac de couchage. Avec la permission d'Erik, je partis avec Gunnr pour ramasser quelques herbes qui donneraient un bon goût à la viande.

— Ce n'est pas que je ne vous veux pas tous comme compagnons, lui expliquai-je, marchant avec une main enfoncée dans sa fourrure sombre. Je ne suis pas pareille à mes sœurs. Je suis incapable d'être la partenaire de qui que ce soit.

Le loup gémit, mécontent.

Arne me croisa au niveau de la porte quand je revins.

— Pourquoi ne nous laisses-tu pas être juges de ton aptitude ou non.

Je me rappelai trop tard que les frères d'armes pouvaient se parler entre leurs esprits. La meute entière pouvait communiquer de cette façon, mais le lien de ces trois-là était plus proche, et tout ce que je disais à l'un serait connu du reste.

— Viens, dit Arne en posant un bras autour de mes épaules. Erik veut de l'hydromel avec notre viande. Nous allons nous rendre au hameau pour voir s'ils font une bière décente.

— Est-ce sûr pour nous d'aller dans le village ?

— Oui.

Il avait déroulé une cape à la riche apparence de l'un des sacs et la portait sur son justaucorps et sa culotte de cuir. Il ressemblait à un marchand aisé, à part quand la robe s'envolait en arrière pour révéler la hache et l'épée à sa ceinture.

— Qu'en est-il de la meute des Berserkers ?

— J'ai mis en place une trace qui les mènera plus loin au Nord. Cela nous fera gagner un peu de temps. Assez longtemps pour que tu apprennes à nous connaître.

— Ces villageois n'aiment peut-être pas les étrangers.

— Il y a une grande foire à proximité et ils sont habitués aux voyageurs. Reste près de moi et fais ce que je dis.

Nous eûmes quelques regards bizarres au marché, le même nombre fut dirigé vers Arne que vers moi. Je supposai que je paraissais aussi étrangère que le Maure, avec mes cheveux blonds tombant sur la cape en pelage, la belle robe et les bottes bordées d'épaisse fourrure. Je ressemblais à une femme de guerrier, bien habillée et pourtant sauvage. Beaucoup d'hommes tournèrent la tête sur mon passage. Arne était beaucoup trop disposé à les faire plier du regard jusqu'à ce qu'ils le détournent raidement.

Avec une expertise que je n'aurais pas devinée, Arne marchanda pour de l'hydromel, des fruits séchés et un peu de céréales. Les commerçants paraissaient surpris par la quantité d'or qu'il possédait, mais ils n'étaient rien d'autre que respectueux. Aussi poli qu'il fût, Arne faisait tout de même une tête de plus que l'ensemble d'entre eux.

Portant nos achats, le magnifique guerrier marcha à grands pas parmi les vendeurs, tandis que je cavalais à côté. Un éclair de métal saisit mon regard et, distraite par l'étal d'un joailler, je heurtai presque un habitant.

— Regarde où tu vas, cracha un homme.

Une ombre tomba sur lui et il jeta un coup d'œil vers le haut, l'agacement se transformant en terreur. Les canines d'Arne étaient sorties et semblaient aiguisées. Se dressant au-dessus du villageois, le Berserker grogna.

L'homme trébucha sur ses pieds pour partir.

Je soupirai.

— Qu'est-ce que tu regardais ?

Je lui montrai du doigt et il me guida jusqu'au stand d'une main dans mon dos.

— Choisis quelque chose, m'encouragea-t-il.

Je mordis ma lèvre et fixai les broches. La vendeuse était une femme en chair avec un sourire sensuel. Souriant et gonflant sa poitrine pour présenter ses marchandises, elle ne partageait pas la peur qu'avaient les villageois des Berserkers.

— Voudrais-tu voir celui-ci ?

Elle se pencha et rentra ses coudes alors qu'elle tendait sa main en avant, approfondissant la caverne entre ses seins.

— Non, répondis-je légèrement trop vivement.

Arne fronça les sourcils, mais fit un geste de la main pour la congédier poliment, et me conduisit pour partir.

— N'y avait-il rien qui te plaise ?

— Un peu trop voyant à mon goût, mentis-je.

— Et au mien, murmura Arne. Il n'y a rien à ce marché pour retenir mon attention, continua le Berserker alors que je rougissais. Je possède déjà la chose la plus charmante juste là.

Je secouai la tête.

Il se mit devant moi et saisit mon menton, nous immo-bilisant.

— Tu n'es pas d'accord ?

Je repris mon souffle. Je n'osai parler, au cas où je fonde-rais en larmes.

— Tu n'as pas assimilé ta leçon à la rivière, me répri-manda-t-il. C'est bon. Nous avons de nombreuses années pour t'apprendre.

— Je ne... commençai-je, mais ma gorge s'obstrua un instant.

Je ne veux pas vous décevoir. Je suis faible et déplaisante, inapte pour être la femme d'un Berserker.

Son regard fixe s'adoucit comme s'il avait entendu mes pensées.

— Tu es la partenaire que nous avons choisie. Nous avons vu ton courage depuis le début.

— Je ne suis pas... forte.

— Tu l'es. Tu es puissante, Fleur. Tu es la seule qui peut briser la malédiction sur nous, et libérer Gunnr.

Je commençai à ouvrir la bouche, mais il posa un doigt sur mes lèvres.

— Ne le combats pas. Je sais que tu es effrayée, mais tes compagnons sont à tes côtés, à te guider.

Il drapa un bras sur mes épaules, me tenant en toute confiance alors que la foule du marché tourbillonnait autour de nous.

— Quand je te regarde, je vois un bourgeon enroulé solidement, indiqua-t-il en me montrant son poing. Il est temps d'éclore, petite. Il est temps de devenir une fleur.

Il ouvrit son poing et me présenta une plume. Après avoir taquiné mon menton avec, il la glissa derrière mes oreilles.

— Voilà, murmura-t-il. C'est le seul embellissement dont tu as besoin.

Il se redressa, plaçant une main dans mon dos pour me guider vers l'avant et la maison. Je fis deux pas avant de m'immobiliser.

Un Homme Gris bloquait notre chemin.

— Arne, l'appelai-je en tirant son bras.

— Je le vois, me lança-t-il alors que son ton sombre m'indiquait qu'il reconnaissait la menace aussi bien que moi. Il y en a également derrière nous. Ils sont apparus après que j'ai fini de marchander pour l'hydromel.

— Je n'en ai jamais aperçu plus d'un en même temps avant.

Mais bien sûr, quand je baissai ma tête pour vérifier, il y avait deux des maigres créatures se déplaçant furtivement derrière nous.

— Nous sommes dans un endroit peuplé. Ils font peut-être du travail ici pour leur maître.

Arne me pressa à l'écart d'un bras autour de mes épaules. Nous esquivâmes un étal et nous dirigeâmes au travers du champ vers les bois. À l'orée des arbres, Gunnr sortit.

— Je veux que tu ailles avec lui. Quand je l'annoncerai, tu courras et ne t'arrêteras pas. Prends une poignée de sa four-rure et suis-le.

— Et toi ?

— T'occupe pas de moi, dit-il en dégainant son épée pendant que son autre main me maintenant. Tiens-toi prête. Cours...

Je commençai à ramasser mes jupes, un étrange vent envoya des picotements le long de ma colonne et je me tournai.

— Arne !

Le Berserker était face aux Hommes Gris, qui conti-nuaient à se déplacer furtivement vers l'avant, les yeux sur moi. La main gauche d'Arne tenait mollement l'épée à son côté. Sa main droite tendue pour les arrêter avec de la magie.

Gunnr courut en avant, le museau vers l'arrière pour montrer des dents féroces alors qu'il grognait sur les Hommes Gris.

— Nous devons y retourner et aider Arne, lui criai-je. Nous ne pouvons pas le laisser.

Le loup noir se mit entre Arne et moi, et me bouscula physiquement vers la forêt. Je n'avais aucune chance de résister.

Un retentissement de magie et je tombai sur mon visage.

Des bras virent autour de moi et je m'écriai, mais c'était seulement Erik, me soulevant.

— Arne. Il est là-bas....

— Silence, abrégea Erik.

Son froncement de sourcils semblait plus menaçant avec sa barbe.

Je tins ma langue jusqu'à ce qu'il me pose dans la cabane.

— Où sont tes frères d'armes ?

— En sécurité. C'est plus que toi tu l'aurais été, si tu étais restée.

Erik avança, les yeux brûlants.

— À quoi pensais-tu, fille ? Arne t'avait dit de filer, tu devais courir.

— Non, protestai-je en me mettant debout. J'en ai marre d'être traitée comme une demi-portion ou une enfant. Je peux faire face aux Hommes Gris. Je l'ai déjà fait.

— Et être frappée de maladies, encore et encore.

— Je ne pouvais pas le laisser.

— Si tu étais ma compagne, commença-t-il, mais il mordit les mots et marcha d'un pas raide vers la cheminée, où il cogna une pile de bois avec assez de force pour l'envoyer voler.

La main sur son visage, il se reposa contre le foyer.

Mon cœur sombra, mais je ne sus pas pourquoi. Il avait déclaré que je n'étais pas encore leur compagne. N'est-ce pas ce que je voulais ?

Arne fit irruption à l'intérieur.

— Fleur, s'exclama Arne en entrant, outré, le visage vierge, mais les yeux remplis de fureur. Quand je te donne un ordre, tu obéis. C'est une chose de me taquiner. Une autre de mettre ton existence en péril.

— Je ne voulais pas te laisser. Qui que soient ces Hommes Gris, ils sont après moi, et seulement moi, déclarai-je en croisant mes bras sur ma poitrine, me calmant pour que je puisse tenir tête au grand guerrier. Je ne souhaite pas que tu risques ta vie pour la mienne.

Juste parce que je ne pourrais jamais avoir ces hommes ne voulait pas dire que je pouvais supporter de les perdre.

— Tu n'avais pas de choix, grogna-t-il. Tu ne te comporteras plus jamais si imprudemment. Je ne laisserai personne de te mettre en danger, pas même toi-même.

— C'est ma vie.

J'avais observé ma propre mort et l'avais acceptée. Voir la leur me réduirait en poudre.

— Je la risquerai comme je le désire.

— Plus maintenant. Tu nous appartiens.

— Je ne vous appartiendrai jamais.

Arne se profila au-dessus de moi, la rage couvrant son visage. Je ne cédai pas. Je devais les repousser. Je devais leur faire comprendre que ce que nous avions était condamné.

Gunnr aboya une fois et Arne recula au ton tranchant.

Erik se tourna de sa place au niveau du foyer.

— Nous ne pouvons pas faire ça. Nous n'avons pas assez de contrôle.

— Elle doit apprendre, sortit, Arne. Nous devons l'entraîner à respecter les règles.

— Ouais. Mais il y a de nombreuses façons de la punir.

— Ce soir, jura Arne.

* * *

La tombée de la nuit se formait déjà quand je sortis pour laisser les guerriers se calmer. Le poids de la déception de mes hommes était une pierre dans mon estomac, je m'assis sur une souche avec un bras enlacé autour du cou du loup.

— Je sais que j'ai mal fait, mais je ne pouvais pas le quitter. Toutes ces années, et j'étais la seule à voir l'Homme Gris, la seule à lui faire face. Je suis habituée à absorber leur pouvoir malfaisant et en supporter les conséquences. C'est peut-être tout ce que je suis capable de faire.

Gunnr lécha ma joue. J'enveloppai mes bras autour de lui et j'enfouis mon visage dans sa fourrure, étonnamment soyeuse et douce. Nous attendîmes ainsi pendant que la ligne d'arbres avalait la balle orange de feu.

Mes actions me rongeaient. Ces guerriers n'avaient rien fait d'autre que de risquer leurs vies pour me protéger et m'aimer. Ils tenaient à moi et mettaient mon existence au-dessus des leurs.

Peut-être qu'ils étaient dignes de ma soumission. Erik avait parlé d'obéissance et cela me restait en travers de la gorge, mais quand je décidais de me plier à leurs règles, je me sentais en paix. Était-ce un autre signe de ma vraie nature ? La magie d'une femme-spae qui causait aussi mes chauds désirs ?

Gunnr gémit et je relâchai ma prise de sa fourrure.

— Quoi que je fasse, que je les défie ou que je me soumette, ce sera mon choix. Mais je suis fatiguée de combattre ma vraie nature. J'ai assez d'ennemis.

Je mordis ma lèvre. Peut-être que je pouvais suivre l'exemple des guerriers, pour au moins un petit moment.

— Fleur, appela Arne depuis l'entrée de la cabane.

Je me levai pour faire face à ce qu'avaient prévu les guerriers. La soumission ne serait pas facile, mais si je leur faisais confiance pour veiller sur moi, je pouvais m'abandonner. En plus, l'obéissance apaisait leur bête. Si ça aidait à les guérir, je pouvais supporter une légère punition. Je le leur devais.

Une fois à l'intérieur, je pris ma place sur un petit tabouret qu'ils avaient fait pour moi à partir d'un morceau de rondin.

Au lieu de se tenir au-dessus de moi, les guerriers s'accroupirent près, toute trace de colère fut remplacée par l'inquiétude.

— Nous avons besoin que tu comprennes une chose, dit Erik en saisissant ma main. Tu es tout pour nous.

Je déglutis fortement. Des larmes piquèrent mes yeux.

— Nous avons attendu tellement longtemps pour toi. Nous ne pouvons pas te perdre. Ce serait notre fin.

Arne acquiesça d'un accord silencieux.

— Alors, nous veillerons sur toi attentivement. Tu n'iras jamais quelque part sans l'un d'entre nous, tu comprends ?

— Je comprends, dis-je d'une voix enrouée.

L'espoir et l'inquiétude sur leurs visages me donnèrent envie de pleurer.

— Tu nous appartiens, aussi sûrement que nous t'appartenons. Nous l'avons su au moment où nous t'avons rencontrée.

Arne rafla la robe autour de mes épaules, m'enveloppant dans son odeur.

— Il n'y a rien que nous ne ferions pas pour toi. Nous débarrasserons cette île des Hommes Gris pour que tu puisses marcher n'importe où en sécurité selon tes envies.

— D'ici là, nous obéiras-tu ? Aide-nous à te protéger. Nous ne sommes pas assez forts pour te perdre.

Gunnr se pressa à mes côtés.

— Oui. Je comprends. Pardonnez-moi.

— Tu es pardonnée.

Arne se mit debout, une légèreté dans sa mine.

— Du lapin rôti pour le diner, m'informa Erik, agrippant mon genou avant de se relever pour aller vers le foyer.

— Attends, m'exclamai-je en me levant également, confuse. Vous n'allez pas me punir ?

— Il y a un châtiment auquel nous avons pensé, mais c'est probablement trop tôt, répondit-il alors qu'il était dans le coin, débouchant l'hydromel.

— Je le veux.

— C'est vrai ? demanda Erik en soulevant un sourcil.

Je soupirai. Je devais être folle, mais j'avais juré que j'arrangerais les choses.

— J'accepterai tout ce que vous me donnerez. Je suis assez forte.

— Nous savons que tu l'es. Nous souhaitons aider notre lien avec toi, pas le briser. Une partie de cela est de te traiter avec soin.

— Je sais que vous ne me ferez pas de mal.

Mon menton se leva même si mon estomac se retourna comme un poisson hors de l'eau.

— Je suis sous vos ordres.

Les guerriers échangèrent un regard.

— Très bien, décida finalement Arne. Enlève tes vêtements.

Je me déshabillai rapidement, essayant de ne pas y penser. Après tout, j'avais été nue auparavant sous leur commandement.

Cette fois était différente. Quand ma robe et mon fourreau furent empilés sur le sac de couchage, je frissonnai, mais pas de froid.

— Bonne fille. Tellement volontaire et obéissante. Pourquoi cela ?

— Je veux vous satisfaire.

Leurs sourires me réchauffèrent davantage que le feu.

— Viens, fille, proposa Erik en tendant sa main afin de m'inviter à nouveau à prendre place dans son giron. Même sur le champ de bataille, Arne s'est souvenu de l'hydromel.

Nous nous assîmes et mangeâmes comme si c'était une soirée ordinaire. Je devenais habituée à être nue à côté d'eux et à ce qu'ils apprécient ma chair dévêtue plus que la nourriture.

Alors que la bière coulait, les caresses commencèrent, de petits contacts le long de mes seins.

Erik me nourrit d'une bande de succulente viande et

laissa un doigt dans ma bouche pour que je le nettoie en le suçant.

À un moment, Arne se pencha et saisit ma poitrine avec désinvolture, le pouce frottant contre mon téton jusqu'à ce qu'il se tienne tendu et rose contre mon corps.

Il n'arrêta jamais de parler du marché, le nombre de vendeurs, la qualité des marchandises. La juxtaposition entre les corps habillés et le mien nu, fit battre mon cœur. À tout moment, ils pourraient décider de me prendre, abaisser ma forme sur le sac de couchage et me faire me soumettre à leur savoureux tourment, jusqu'à ce que j'orgasme. D'ici là, j'étais un jouet pour eux avec lequel s'amuser, une belle chose à cajoler et à aimer pendant qu'ils étaient assis autour du feu et qu'ils buvaient.

Me déplaçant, mouillée entre mes jambes, je me tortillai dans le giron d'Erik, sans défense contre leurs caresses détendues et affirmées.

Par un signal tacite, les hommes posèrent leurs verres.

— Il est temps.

Erik m'aida à me mettre debout sur des jambes bancales. Arne me collecta et me porta jusqu'au sac de couchage où il me déposa. Une expression avide sur son visage, il m'épingla avec son corps ferme et me fit un baiser.

— La bête n'aime pas quand tu nies notre revendication sur toi, mais ça va. Ton corps nous dit comment tu te sens réellement. Nous entraînerons ton corps à nous accepter, et ton esprit suivra.

Je me fichais de ce qu'il faisait, tant qu'il m'embrassait une nouvelle fois. Ses yeux se plissèrent en un sourire complice avant de prendre de nouveau ma bouche, ses lèvres fermes pourtant douces, demandant et réclamant. Quand il eut fini de m'embrasser, j'agrippai le bord de son justaucorps, essayant de l'enlever pour que puisse presser ma peau contre lui.

— Pas encore, petite fleur, grogna-t-il, tendant la main en bas pour attraper ma taille.

Je boudai, alors qu'il fit tomber ses hanches sur les miennes, se frottant contre moi. La dure longueur de sa bite glissa tout près de mon canal accessible. Je gémis.

— La voilà, rigola-t-il. Notre petite femme-loup, prête à entrer en chaleur pour ses compagnons.

À ma grande déception, il se rassit.

— Erik a quelque chose pour toi.

Le guerrier aux cheveux noirs se pencha et me nourrit de fraises à la main. Attrapant sa main, je suçai le liquide de ses doigts.

— Tellement avide, commenta-t-il. Il ne sera pas capable longtemps de nier que nous sommes ses vrais compagnons.

— À mon tour, dit Arne.

Il s'empara d'une baie et la roula sur mes lèvres. Ma langue donna une chiquenaude et il fit tomber un peu de jus, les teintant de rouge. Il étala le coulis de fruits sur mon menton et ma poitrine nue, dessinant une ligne tout droit jusqu'à ma chatte lisse.

Il se releva et me fit un baiser, dégustant la fraise directement dans ma bouche, puis embrassa mon corps, prenant son temps et tétant les endroits que la baie avait tachés. Alors qu'il allait plus bas, il écarta mes jambes.

— Que fais-tu ? demandai-je.

La lueur du feu brilla sur le crâne chauve du guerrier.

— Je te goûte.

Ses dents mordillèrent l'intérieur de mes cuisses et je fis un mouvement brusque pour resserrer mes jambes. Ses mains menottèrent mes chevilles et les plaquèrent. Erik tint mes poignets au-dessus de ma tête.

La tête d'Arne se baissa à nouveau. Sa langue balaya mes lèvres inférieures, suçant comme s'il avait trouvé la fraise la plus sucrée et la plus mûre.

— Oh, déesse, soufflai-je.

— Comme ça ? gloussa Erik.

— Plus.

— Des demandes ne te mèneront pas loin, fille.

Mes hanches se balancèrent alors que la langue d'Arne plongea plus loin, balayant mes plis de haut en bas, donnant une pichenette aux endroits les plus agréables encore et encore. Je tremblai dans l'étreinte de fer du guerrier. D'une certaine manière, ne pas être capable de bouger rendit la sensation vingt fois plus intense.

Quand le plaisir monta en moi, mon corps se serra d'envie. Arne me lécha jusqu'au bord, et alors même que j'étais sur le point de le franchir, il se stoppa et s'assit, essuyant sa bouche.

— Quoi ? demandai-je en levant ma tête de la couverture.

Erik me laissa aussi aller. Les deux guerriers étaient silencieux, m'étudiant.

— Pourquoi t'es-tu arrêté ?

— C'est ta punition. Nous te refusons une autre nuit.

— Non, criai-je et je frappai le sol.

— Viens, petite fleur, proposa Erik en enlevant ses hauts-de-chausse et en s'étendant à côté de moi. C'est l'heure du lit.

Mon corps faisait mal, mettant fin à mes plans de me soumettre. Arne s'allongea de l'autre côté de moi et je roulai pour lui faire face.

— Je veux que tu finisses.

Il haussa les épaules et ferma les yeux, un sourire planant sur sa bouche.

— C'est pas juste ! m'exclamai-je.

Le désir me griffa, me transformant en un monstre hurlant.

— C'est pas bien que tu aies risqué ta vie inutilement quand tes compagnons peuvent te protéger.

— C'est ton choix, Fleur, prononça Erik de sa voix grave qui gronda dans mon dos. Soit tu nous appartiens, soit non.

Je mordis ma lèvre jusqu'à ce qu'elle saigne presque, m'empêchant d'admettre ce qu'ils voulaient entendre. Ils pouvaient me toucher et faire répondre mon corps, mais je ne cèderais pas. C'était pour leur propre bien.

De plus, je n'avais pas besoin d'un homme pour me donner du plaisir. Une fois qu'Erik parut endormi, ma propre main rampa entre mes jambes.

Sans ouvrir ses yeux, le guerrier tatoué la saisit.

— Oh non, fille. Tu ne te toucheras pas.

Tout dans son corps était détendu à part l'emprise de mon poignet.

Arne se pressa dans mon dos.

— Tu reçois du plaisir ou pas, uniquement de nos mains.

Un grognement m'échappa.

— Qu'est-ce que c'est ? questionna Arne en tirant ma tête en arrière par mes cheveux. Est-ce que notre louve a du caractère ?

— Tu obéiras, dit Erik.

— Je vous déteste, chuchotai-je.

La grande main d'Arne s'étendit sur mon ventre, me rapprochant.

— Tu apprendras. C'est ton entraînement.

— Je...

Je grinçai des dents avant de pouvoir sortir les mots. Si je leur donnais ce qu'ils voulaient, peut-être qu'ils feraient la même chose.

— Je ne désobéirai pas une nouvelle fois.

— Nous savons.

Erik amena mes mains à ses lèvres et les embrassa.

— Si tu le fais, nous nous amuserons à te punir.

— Maintenant, dors, Fleur.

La respiration du guerrier ralentit, mais l'épais membre

d'Arne était encore dur comme une pierre, pressant contre mon derrière.

Si je devais souffrir, eux aussi. Je me pressai contre lui.

La main sur ma taille glissa autour de moi, son bras comme un bandeau de fer me gardant immobile.

— Pas de ça maintenant.

— Sois bonne, Fleur, et dans la matinée, nous te récompenserons.

Avec un soupir, je me forçai à me détendre. La palpitation entre mes jambes était forte et persistante. Une punition en effet.

Je n'allais jamais être capable de me reposer.

L'étreinte d'Arne m'empêcha de bouger, mais après un moment, elle se relâcha. Le grand guerrier devait être épuisé de ses efforts physiques contre les Hommes Gris.

Je me sentis un peu coupable de ça. Il serait sage pour moi de m'éloigner de ces Berserkers, et de rencontrer seule mon destin.

Sur cette pensée triste, je fermai mes yeux et prétendis dormir.

* * *

Le feu pétilla et crépita, et je levai la tête. De chaque côté de moi, mes guerriers étaient toujours endormis. Gunnr devait être dehors à monter la garde.

Je me hissai. Ma robe était partie, cachée quelque part, mais je trouvai mon fourreau et l'enfilai. Ma chatte se réveilla et pulsa à disposition. Erik avait promis du rassasiement, mais ces hommes ne pouvaient pas me contrôler. Je m'éclipserais au beau milieu de la nuit pour repérer un endroit pour titiller ma propre chair jusqu'à la fin.

Bien sûr, quand je reviendrais au matin, ma punition

serait dix fois pire, mais cette pensée ne rendit seulement plus excitée.

Je tendis la main vers la porte avant qu'une voix ne m'arrête.

— Où vas-tu, Fleur ?

Les yeux des deux guerriers étaient ouverts, dorés dans la lumière tamisée de la cabane.

— Nous n'aimerons pas que tu nous fasses te pourchasser. Nous t'attraperons et il y aura un châtiment.

Un frisson me traversa.

— Si vous ne rassasiez pas mon corps, je trouverai quelqu'un qui le fera, sifflai-je.

Pleine d'envie, mélangée à de la violence, déferla en moi, donnant des ailes à mes pieds.

Je filai dans la nuit. La légère pluie était fraîche sur ma peau, mais ne fit rien pour saper mon ardeur.

Mon corps entier palpitait. Je courus de plus en plus vite le long du chemin, avançant dans la brume jusqu'à ce que mon fourreau soit trempé. Haletant et rigolant, je tournai en cercles. Je devais être folle. Les Hommes Gris étaient par ici, je ne devrais pas agir comme ça. Mais je n'étais plus la Fleur malade, silencieuse et perdue. À l'intérieur de moi vivait une créature sauvage et vigoureuse, à moitié déesse à moitié animal, mais complètement femme, et elle était bercée par l'appel de la lune.

Un cri s'échappa derrière moi. Un hurlement de loup. Je me figeai sur place, le corps entier tendu alors que j'écoutais le son mélancolique.

Une deuxième et troisième voix la rejoignirent.

Mes compagnons chantaient pour moi.

La peau picotant sous l'effet de l'étrange musique, j'y retournai en trottant. Lorsque je revins dans le champ ouvert, seulement un loup restait à chanter. Gunnr.

Il n'était pas celui que je cherchais. Je déviai et glissai pour m'arrêter. Un grognement sonna devant moi. Je me tournai et m'empressai d'aller dans l'autre direction, dérapant pour me stopper à nouveau quand un autre grognement retentit presque à mes pieds.

L'excitation fourmilla sur ma peau. C'est ce que je voulais, ce que la partie sauvage en moi avait convoité. La poursuite. C'était un jeu, je courais et ils me traquaient. Mes compagnons devaient prouver qu'ils étaient assez forts pour me prendre durant une chasse. Mon sang fredonna, le corps de premier choix pour l'ancien rite.

Je reculai lentement. Gunnr avait disparu, mais les deux ombres se rapprochaient de moi.

Je tournoyai et courus

Ce fut fini rapidement. L'ombre me percuta et je fus soulevée avec énergie, jetée sur l'épaule d'un guerrier.

Je griffai son dos musclé avec mes ongles et il frappa mon cul.

— Rien de tout ça, déclara Arne.

Une autre silhouette nous rejoignit.

— C'était une courte poursuite. Que vas-tu faire maintenant ?

— Attache-la sous la pluie, gronda Arne.

— Elle attrapera un rhume.

À l'intérieur de la hutte, Arne me posa en me balançant. Les deux guerriers se rapprochèrent de moi.

— Manifestement, la leçon n'a pas été bien comprise, commenta Arne en fronçant les sourcils. C'est le moment de réessayer.

— D'abord, ravivons-la.

Arne raviva le feu et réchauffa un peu de bouillon pendant qu'Erik me déshabillait et irritait ma chair.

— Si tu deviens notre compagne, nous aurons besoin que tu obéisses.

Je lui montrai mes dents. Qu'importe la folie qui m'avait pris, j'étais toujours sous son emprise.

— Ses chaleurs la rendent aussi sauvage que notre bête, remarqua Arne.

— Tellement petite et têtue.

— Heureusement, il y a des façons de la faire bien se conduire.

De l'autre côté de la cabane, Arne souleva une corde.

— T'inquiète pas, Fleur. Tes compagnons te donneront ce dont tu as besoin.

D'ICI À ce que la viande soit cuite, je fus déshabillée, attachée et ligotée en une démonstration humiliante. Arne fixa d'abord mes bras, liant mon avant-bras au haut de mon bras.

— Alors tu peux lutter, me dit-il en saisissant mon poing gauche quand j'essayai de le frapper.

Il s'occupa de mon bras gauche et il demanda à Gunnr de me plaquer avec deux pattes sur mon dos alors qu'il finissait de nouer mes jambes. Mes mollets à mes cuisses, mes membres raccourcis.

— Le voilà, notre délicieux petit animal de compagnie.

Je dénudai mes dents dans sa direction.

— C'est le moment de manger.

Ils placèrent le bol devant moi. La viande nageait dans le bouillon et de la salive fit une flaque dans ma bouche. La louve hurlante en moi était affamée, mais le reste de ma personne hésita.

Les trois guerriers attendaient que je penche ma tête et que je me restaure comme si j'étais réellement leur animal de compagnie.

— Vous n'êtes pas sérieux.

— Tu souhaites agir comme un loup, nous t'encouragerons. Rien ne nous empêchera de prendre soin de toi comme des nôtres. Tu as faim... mange, indiqua Arne en montrant l'écuelle.

— Je ne le ferai pas, dis-je alors que mon estomac gargouillait en protestation. Je ne peux pas.

J'inclinai ma tête, testant jusqu'où je pouvais la plier vers le bas. J'aurais à baisser mon corps entier juste pour mettre mon visage dans le bol.

— Pauvre fille.

Erik prit pitié de moi et leva l'écuelle à mes lèvres. Je bus avidement.

Arne caressa mon derrière.

— Vois-tu comment nous veillons à tes besoins ? Dans la maladie, la force, quand la folie te prend ou quand tu es douce. Nous pouvons nous occuper de tout ce que tu es. Tu prospéreras sous nos soins.

Mon repas se termina rapidement. Erik essuya ma bouche. Les doigts d'Arne continuèrent de tourbillonner sur mes fesses. J'attendis qu'ils plongent dans des endroits plus secrets, mais ils ne le firent jamais.

Les deux guerriers partirent un moment, et le loup noir prit leur place.

Gunnr me donna un petit coup de coude et je roulai sur mon flanc. Il semblait adorer mon état actuel. J'étais à quatre pattes tout comme lui.

Arne déposa de la viande pour qu'il mange et le loup s'en alla, la queue remuante.

J'étais sur mon dos. Quand les guerriers revinrent, mes jambes s'écartèrent en une invitation flagrante.

— Alors, prépare-toi pour nous.

Arne s'assit à côté de moi. Ils avaient placé une couverture sur le sol pour moi, pour faire semblant que j'étais leur animal de compagnie, et pour cela au moins, j'étais reconnaissante.

— Plus de dispute, dans ce cas ?

De grandes mains titillèrent mes plis. Mon cul s'arqua, s'enfonçant contre sa main.

— Tellement vilaine. La prochaine fois que tu t'enfuiras, nous t'attacherons comme ça et frapperons ta chatte jusqu'à ce que tu viennes.

— Tu ne penses pas que c'est possible ? rigola-t-il à mon expression choquée. Je vais te dire maintenant, il y a plus de délices que ton corps peut donner que ce que tu imagines.

— En parlant de ça, frère, dit Erik. Il est temps d'entraîner son petit trou du cul.

Ils m'installèrent de nouveau à quatre pattes. Je tendis mon cou pour voir ce qu'ils feraient.

Après avoir étalé de l'huile entre mes fesses, Erik explora mon trou du cul.

Je haletai et fis un mouvement brusque vers l'avant.

— Oh non, tu n'bougeras pas.

Arne me saisit et me tint immobile, pendant qu'Erik frappait mon cul jusqu'à ce qu'il oscille.

— Sois tranquille. Nous te récompenserons bientôt.

Les doigts d'Arne se fermèrent sur ma nuque, ce geste réconfortant et dominant me rendit comme de l'argile dans ses mains.

Je me reposai dans les bras du guerrier au teint de bronze, pendant qu'Erik jouait avec mon derrière, chatouillant le rebord de mon trou le plus sale, s'enfonçant jusqu'à ce que je serre des dents.

Son autre main vint titiller ma chatte et mon geignement se transforma en gémissement.

— C'est ça. Détends-toi et laisse-nous entraîner tes fesses pour nous. Un jour, tu accepteras nos bites dans ton corps. Nous te revendiquerons ensemble.

Je frissonnai à la promesse sombre d'Arne.

Le doigt huilé d'Erik glissa dans ma chatte alors même

qu'un autre pénétrait dans mon trou du cul serré. Il me maintint de cette manière, pinçant ma chair excitée jusqu'à ce que mes parois internes se frictionnent l'une et l'autre. Je haletai, vaincu par un profond plaisir. Mes membres liés tremblèrent.

Mon orgasme s'écrasa sur moi. Mes deux orifices eurent un spasme, s'ouvrant comme des bouches en une plainte silencieuse.

— C'est une bonne fille, félicita Erik qui alla laver ses mains alors qu'Arne me détachait et frottait mon corps pour réactiver la circulation.

— Me baiserez-vous ? demandai-je une fois hors des liens et que ma voix fut revenue.

— Bientôt, répondit-il en m'embrassant. Très bientôt.

Une douleur spirala en moi, mais j'étais heureuse. J'étais contente d'attendre. Les hommes avaient prouvé encore et encore qu'ils me donneraient ce dont j'avais besoin.

— Tellement douce et soumise, dit Arne en caressant mes cheveux. Tu nous enchantes et nous séduis, qu'importe ton humeur.

— Il est tard, annonça Erik d'un bâillement. Même plus tard que la première fois que nous t'avons couchée pour dormir. L'heure du lit, petit loup.

— D'abord, nous avons quelque chose pour toi.

Arne alla fouiller dans le sac et revint avec un mince torque en argent, un peu plus ample que les bagues de bras que les Berserkers portaient pour déclarer leur allégeance à la meute. Le pliant, il élargit l'ouverture.

— À genoux, Fleur, et soulève tes cheveux.

Après un moment d'hésitation, je le fis. Il glissa le cercle d'argent autour de mon cou et le referma. Son doigt courut autour, vérifiant l'installation.

— Cela te marque comme nôtre, dit-il en m'aidant à me lever, paraissant très satisfait.

— Sois prévenue, Fleur, tu porteras plus que ce torque pour prouver que tu nous appartiens.

Les guerriers m'attirèrent sur le sac de couchage et une nouvelle fois, prirent leurs places à mes côtés.

Je cherchai Gunnr avant de poser ma tête, mais le loup couleur nuit était parti.

* * *

JE RÊVAI D'UN HOMME, grand avec des cheveux noirs et des yeux dorés. Il me fuyait, restant juste au niveau du bord des ombres, là où je n'osais pas marcher.

— Gunnr ! finis-je par appeler, mais il me fit un regard triste et pivota, puis disparut.

Quand je me réveillai, je fixai le plafond de la cabane aussi longtemps que les guerriers me laissèrent étendue. La nuit dernière avait été un tournant. Je m'étais soumise. Je portais à présent leur torque. La bête en moi, qu'importe ce qu'elle était, ne voulait rien de plus que séduire et être dominée par ses partenaires.

La Fleur plus sensée savait que cette brève trêve se terminerait trop tôt.

Finalement, la horde nous rattraperait et les guerriers périraient. Ou les Hommes Gris fermeraient les rangs et nous mourrons tous.

— Si sérieuse, fille, dit Erik en se penchant sur moi. Ne commence pas ta matinée en fronçant les sourcils. Arne et Gunnr reviendront bientôt. En attendant, j'ai un petit cadeau pour toi.

Il me montra une pièce de bois sculptée tout comme le goujon qu'ils avaient utilisé pour prendre ma virginité, seulement celui-là avait une forme de bulbe avec une tige étroite dont l'extrémité était un cercle plat.

— C'est pour quoi ?

— Tu verras assez tôt. Viens maintenant, fille. La tête baissée, le cul en l'air et écarte tes fesses pour moi.

— Quoi ? blêmis-je.

— N'as-tu pas promis d'obéir ?

Je me déplaçai jusqu'à l'endroit en poussant un soupir. La joue sur le sac de couchage, je tendis la main en arrière, mais ne pus me résoudre à achever l'action.

— Toujours timide avec tes compagnons ? Peut-être que tu as besoin de motivation.

Deux doigts glissèrent le long de mes lèvres inférieures.

— Fais comme je dis et il y a plus de ça pour toi.

Ma chatte avait déjà commencé à dégouliner. Résignée, je pris un globe de chair dans chaque main et montrai mon trou du cul à Erik.

— Bonne fille.

Il me nettoya attentivement, un tissu humide sondant mes zones les plus privées, suivi par un peu d'huile.

— Maintenant, s'exclama-t-il. Je vais introduire ce plug dans ton cul et te faire venir pour moi.

— Non...

Je laissai tomber mes bras, mais il avait déjà mis un doigt huilé au niveau de mon trou du cul. Cela chatouillait et brûlait, étirant la surface intime. Il joua avec moi pour ce qui sembla des heures. Mon corps devint glissant et agité de son attention taboue. L'excitation et l'humiliation s'accumulèrent toutes les deux dans mon ventre.

Finalement, ses doigts m'eurent assez agrandie pour installer le bulbe à sa place.

— Bonne fille. Tu peux te redresser.

Je me levai, le visage rougi. Ma main alla vers la pièce de bois dans mes fesses et il exprima sa désapprobation.

— Pas de ça. Garde-le à l'intérieur comme une bonne fille, et il y aura une récompense.

Mon cul semblait plein, comme s'il y avait une cale géante

me remplissant. Ce serait impossible pour moi de marcher, m'asseoir ou même rester immobile sans remarquer sa présence.

— Une fois que ton corps s'habituera à ça, nous pourrons en mettre un plus large, expliqua Erik.

Mes sourcils se soulevèrent, mais je ne fis aucun commentaire jusqu'à ce qu'il soit parti au feu pour servir un peu de nourriture.

— Je déteste ça, marmonnai-je avant de me rappeler trop tard que les loups avaient une excellente audition.

— Oh ?

Erik revint avec le bol de nourriture, et au lieu de me le tendre, il s'assit et tira ma main afin que je m'installe dans son giron, le cul équilibré pour que ma position ne conduise pas le plug plus profondément en moi.

— Ton corps en dit autrement. Même maintenant il est mouillé et prêt.

Je me tortillai.

— Un jour, nous te prendrons tous les trois ensemble dans chaque trou. Là, là et là, indiqua-t-il en touchant ma bouche, puis il me donna l'écuelle et saisit ma chatte glissante, et enfin, descendit à nouveau pour tapoter le plug. Encore aujourd'hui, c'est tout ce que nous pouvons faire pour nous empêcher de te jeter par terre et te baiser sauvagement.

Un bras se courba autour de moi pour me maintenir, mais l'autre prit mon centre chaud et humide alors que je mangeais.

— Pourquoi attendez-vous ? questionnai-je entre deux bouchées.

— Nous voulons être prêts. Bientôt, Gunnr sera un homme, et nous pourrons te revendiquer tous les trois.

Je clignai des yeux, me souvenant de mon rêve.

— Il a peur de se Transformer. Qu'en est-il si la bête le

submerge ?

— Nous faisons tous ce que nous pouvons pour empêcher que cela arrive, soupira Erik.

Je mâchai lentement. Erik ne me demanda pas comment je connaissais la lutte de Gunnr. Mon rêve devait faire partie du développement du lien.

— Et voilà encore ce froncement de sourcils. À quoi réfléchis-tu, Fleur ?

— Je ne suis pas sûre que je puisse vous aider autant que vous le croyez, dis-je.

— Laisse-nous être juges de ça. Nous pensons que la magie entre nous fonctionne. Pour l'instant, tu as répondu à tout ce que nous avons fait.

Je jetai un regard noir.

— Tu dis que tu n'apprécies pas, mais c'est le cas. Tu as aimé la nuit dernière même quand nous t'avons attachée et avons fait de toi notre petit animal.

— Ce n'était pas moi. Les chaleurs perturbent mon esprit, me transforment... en quelque chose que je ne suis pas. Vos bêtes m'infectent.

— La bête est une part de nous, Fleur. Nos désirs sauvages sont autant une partie de nous que notre gentillesse ou notre logique. Mais ensemble, nous nous aiderons à rester en équilibre. Peut-être que cela nécessite une vraie partenaire pour voir nos ténèbres et les accepter. Une fois que quelqu'un nous aime entièrement, nous pouvons réellement être ce que nous sommes.

J'avais fini de manger pendant qu'il parlait. Encore une fois, j'attendis jusqu'à ce qu'il soit de l'autre côté de la hutte à éteindre le feu avant de chuchoter la vérité.

— Je n'apprécie toujours pas cette part de moi.

— C'est pourquoi tu ne peux pas nous accepter en tant que compagnon. Tu dois t'accepter d'abord.

Erik se leva, frottant ses mains ensemble.

— Heureusement, tu as trois Berserkers pour te dire à quel point tu es parfaite.

Après avoir tressé mes cheveux en arrière, il présenta ma robe et m'assista pour l'enfiler, puis s'agenouilla pour m'aider à lacer mes bottes. La touche finale était la cape de fourrure.

Erik fit un pas en arrière pour m'admirer.

— Tu penses toujours que tu n'es pas belle ?

Je haussai les épaules.

— Viens, alors.

Dehors, sous un ciel dégagé, il me conduisit jusqu'à un petit étang dans un champ vide.

— Regarde.

Je me penchai au-dessus de l'eau, m'attendant à voir une forme floue avec des nuages en fond. À la place, mon visage me fixa en retour, pur et avec des couleurs. Mes joues étaient roses et en bonne santé sous mes cheveux clairs. Avec la cape de fourrure et la belle robe, je ressemblais à une reine barbare. Charmante et sauvage, mais pas faible ou fragile du tout.

— Quelle magie est-ce ?

— Ma magie, résonna la voix d'une femme.

CHAPITRE 7

*U*ne femme blonde, ses cheveux tressés en une couronne, s'avança, marchant avec un bâton et un corbeau volant au-dessus d'elle.

Erik fit un pas entre elle et moi.

— Yseult, la salua-t-il.

Je regardai devant lui, voulant voir la sorcière qui avait dit à la meute où trouver mes sœurs et moi, pour que les Alphas fassent de nous leurs compagnes. La sorcière était grande et belle, avec une contenance froide et impersonnelle. Le corbeau atterrit au sommet de son bâton et inclina sa tête vers moi. Il y avait davantage d'expression sur le visage au bec que sur celui d'Yseult, comme si elle pouvait seulement imiter les rictus humains, car elle n'avait aucun sentiment naturel propre.

— Alors c'est Fleur. La plus forte des sœurs. On m'a long-temps empêchée de la rencontrer.

— La plus forte ? dis-je avant de pouvoir m'arrêter.

— Tu es la plus jeune donc tu penses que tu es inférieure ?

— Fleur, m'avertit Erik.

— Non, c'est parce que j'ai souvent été malade.

Elle acquiesça.

— La magie a toujours un coût. Plus grand est le pouvoir, plus grand est le prix.

Sa tête se tourna d'un coup sec vers Erik, un mouvement d'oiseau.

— Alors, vous souhaitez que je l'entraîne ?

— Nous voulons marchander avec toi pour avoir quelques réponses, dit doucement et prudemment Erik. Tant que le coût est raisonnable.

— Et si mon prix, c'est elle ? questionna Yseult en inclinant sa tête pour m'indiquer.

Haut dans le ciel, un aigle hurla.

— Tu ne peux pas l'avoir, grogna Erik.

— Non ? Mais tu es si faible, loup. Tu es venue si loin et as combattu si fort, et pourtant la partie la plus dure du voyage est à venir.

Elle leva une main et la balaya l'espace devant elle. Le corbeau se lança dans l'air et vola en des boucles paresseuses au-dessus de nos têtes.

Erik ferma ses yeux, des perles de sueur apparaissant sur son front.

— Encore aujourd'hui, vous résistez à l'appel de la meute, la colère de votre Alpha, continua Yseult d'une voix grave et apaisante. Ça laisse des traces. Qui sauvera votre bien-aimée, quand la bête vous consumera ?

Dits dans ce ton séducteur et berçant, ses mots firent leur chemin dans ma tête. Mon corps se sentit lesté par eux. Je luttai pour faire un pas en avant, alors même qu'Erik chancelait à côté de moi.

— Arrêtez ça, chuchotai-je.

J'agrippai la main d'Erik et il la saisit fermement, tellement fort que cela amena des larmes dans mes yeux. La douleur rafraichit mon esprit et je trouvai la force de pousser un cri strident.

— Cessez ça !

Les yeux à moitié fermés d'Yseult s'ouvrirent brusquement. L'aigle doré chuta du ciel, fonçant droit vers le corbeau faisant lentement des cercles. L'oiseau noir disparut dans le maquis avec un braillement disgracieux.

L'aigle s'arrêta à peu de distance avant de heurter le sol. Ses grandes ailes se balayèrent et devinrent des bras musclés d'homme. Arne se tenait là, entièrement habillé d'un justaucorps sans manches et une cape richement tissée dans son dos.

Je n'avais jamais vu un Berserker effectuer la Transformation en portant plus qu'un simple pagne. L'air même frissonna avec la réalisation d'une telle magie tape-à-l'œil.

— Sorcière, gronda Arne, marchant d'un pas raide vers elle. Nous ne sommes pas si affaiblis au point de ne pas pouvoir protéger notre compagne de toi.

Il s'arrêta à quelques foulées, et bien que je susse qu'il était beaucoup, beaucoup plus grand que la femme blonde, d'une certaine manière elle paraissait aussi grande.

— Alors vous l'avez donc revendiquée, déclara Yseult en pointant son bâton vers moi.

Les deux guerriers grognèrent comme si elle avait dégainé une arme. Avec un sourire suffisant, elle mania la canne vers moi, puis l'éloigna.

— Félicitations. Je vois qu'elle porte votre torque volontairement.

Je touchai la pièce en argent autour de mon cou.

— Avez-vous réalisé le processus de l'accouplement ?

— Ce ne sont pas tes affaires.

— Toujours pas accouplés donc.

Elle gloussa, puis bondit alors que le loup couleur nuit sortait des buissons dans son dos. Gunnr trotta vers nous, dénudant ses dents vers la femme en passant.

— Et maintenant, je vois pourquoi vous ne pouvez pas encore vous accoupler, murmura-t-elle.

Des secondes tendues défilèrent. Ma peau fourmilla à cause du silence pesant. Mes sœurs m'avaient dit que la sorcière était dangereuse, mais était venue les assister dans le passé.

Avec un petit bruit amusant qui aurait pu être un rire, mais qui sortit d'une façon désagréable, la sorcière rompit le silence.

— J'ai décidé de vous aider. S'il vous plaît, asseyez-vous.

Yseult balaya à nouveau l'air de sa main, et trois pierres alignées apparurent, parfaites pour se poser. Erik en choisit une, mais me garda dans son giron. Arne se tint à côté de nous pendant que Gunnr s'asseyait sur son derrière. Je tendis le bras vers le haut et pris la main d'Arne, et mis mon autre sur le dos de Gunnr.

Yseult s'agita avec ses jupes. Par la légère courbe de sa bouche, elle sembla satisfaite.

— À présent, pourquoi m'avez-vous convoquée ?

— Nous avons un problème, indiqua Arne. Il y a un mal que j'ai détecté. Selon ce que j'en comprends, il est piégé dans un endroit, mais il a des serviteurs mobiles. Et ils sont attirés par Fleur.

— Ils cherchent toutes les femmes-spae, informa Yseult.

Cela ne me rassura pas du tout. Erik et Gunnr grognèrent tous les deux.

— Pourquoi ? questionna Arne. Et pourquoi ne nous l'as-tu pas dit plus tôt ?

— J'ai dit à la meute où trouver Fleur et ses sœurs, n'est-ce pas ? demanda-t-elle en haussant les épaules, toutefois un silence de pierre lui répondit.

Soupirant, elle continua.

— Vous interrogez-vous parfois sur la raison de l'existence des Berserkers ?

Les trois guerriers se raidirent.

— Nous avons vu le jour parce qu'une sorcière a condamné notre forme humaine, dit doucement Arne, comme s'il éduquait un enfant.

— Oui, mais comment cette sorcière connaissait le sort ?

— Elle était maléfique. Elle l'a créé à partir de sa sorcellerie.

— Oui, elle était malfaisante, mais elle n'avait pas le pouvoir de créer la malédiction. Seulement de la répéter. Et bien qu'elle essaya autant qu'elle le pût, elle n'était pas une ensorceleuse.

— Explique.

Yseult s'installa pour raconter l'histoire, de longs doigts caressant les runes de son bâton.

— Il y a bien longtemps, un roi souhaita avoir un grand pouvoir. Il était déjà très dangereux, mais la puissance avec laquelle il régna avait depuis longtemps dévoré son esprit et donc, il était prêt à tout pour en avoir plus. Comme je l'ai dit, chaque bout de magie exige un sacrifice. Les sorcières et les sorciers sacrifient de petites choses, un lapin ici ou une colombe là. De plus grands sorts nécessitent un plus gros animal telle une chèvre.

— La sorcière qui nous a maudits a sacrifié une meute de loups, indiqua Erik, sa voix fut un reflet lugubre de l'horreur de cette nuit-là.

Yseult acquiesça.

— Plus grand est le sacrifice, plus grand et plus malfaisant est le pouvoir. Le roi le savait et sacrifia des choses importantes. Il était au-delà du niveau d'un sorcier ou d'un mage. Il était un ensorceleur.

— Donc, qu'a-t-il sacrifié ? Des humains ?

— Oui, affirma-t-elle alors que sa voix qui chutait. Il a exécuté ses propres enfants pour nourrir sa nécromancie.

Je laissai sortir un gémissement et Erik m'attira plus près.

— Le roi garda de nombreuses femmes. Il trouva les femmes bénies d'une magie naturelle, les femmes-spae. Leur progéniture avait des éléments à la fois de leurs mères bénies et de leur père malfaisant. Au moment où le roi les tua et consomma leur chair, il devint encore plus puissant. Il fut presque assez fort pour amener tout le monde à se soumettre, quand l'une de ses femmes réalisa son plan atroce. Elle appela la pleine lune, la déesse, qui lui donna un sort. La femme jeta le maléfice sur ses enfants, tous des fils. Ils devinrent des loups, et plus que des loups, des Berserkers. Ils furent assez puissants pour vaincre leur père et ses forces. Ils le renversèrent, puis, avec l'aide de leur mère, l'ont lié avec de la magie et l'ont balancé à la mer. Mais il ne mourut pas. Ses fragments froids vinrent jusqu'à cette île et flottèrent le long de la rivière, jusqu'à rester dans une tombe de sa propre confection. Au fil des siècles, il est devenu plus fort. Il attire des hommes vers sa sépulture, consume leurs esprits avec sa magie et les fait le servir.

— Les Hommes Gris, dit Arne.

— Oui. Alors, à présent, il envoie ses serviteurs pour gagner le pouvoir afin de se soulever à nouveau. Et une fois qu'il l'aura, il ne s'arrêtera pas jusqu'à avoir fait esclave de son désir toutes les femmes-spae, et qu'il les force à porter ses enfants. Le cycle recommencera une nouvelle fois, à moins que vous arriviez à le stopper.

— Fleur ? demanda Erik alors que ses bras se serraient autour de moi. Que peut-elle faire ?

— Jamais, s'exclama Arne en agrippant ma main. Nous ne la laisserons jamais s'approcher d'eux. Nous la prendrons et nous enfuirons.

— Il n'y a nulle part sur terre où vous pouvez aller. Encore aujourd'hui, il est fort, trop fort. Si j'avais été plus puissante, il y a des années, je lui aurais fait face, mais au moment où j'ai pu, il était encore plus redoutable.

— Nous ne risquerons pas notre compagne. Jamais.

— Les Hommes Gris n'arrêteront pas de venir, prévint la sorcière.

— Alors nous les tuerons. Tous.

Arne laissa tomber ma main et avança. Ses doigts se terminaient par des griffes dangereuses.

Erik se leva aussi et me plaça derrière eux.

— Stop, protestai-je. Vous vous mettez trop en colère. Yseult n'est pas l'ennemie.

J'attirai les deux hommes en arrière, et en le faisant, j'articulai silencieusement à Yseult.

— Je vous parlerai seule.

— *Très bien*, résonna la voix d'Yseult dans mon esprit.

Je ravalai un souffle, mais calma mon expression quand les guerriers tourbillonnèrent vers moi.

— Nous partons, à présent, ordonna Erik.

Ils me prirent chacun un bras et suivirent le loup couleur nuit, s'éloignant à grands pas.

CE NE FUT PAS avant tard dans la nuit, quand je me levai pour me soulager, que je passai une flaque d'eau de pluie et que je croisai le reflet d'Yseult.

— Nous n'avons pas beaucoup de temps, dit-elle. Même maintenant, la meute se rapproche d'un côté, et les Hommes Gris de l'autre.

— Dites-moi, alors, indiquai-je. Comment j'arrête les Hommes Gris et le soulèvement ?

— Unis-toi avec tes guerriers. Ramène-les à la horde avec ces nouvelles. Réunis, ils s'interposeront contre n'importe quoi.

Je touchai le cercle d'argent autour de mon cou. Plus tôt,

ils avaient retiré le plug, m'avaient annoncé que je porterais le torque pour le reste de ma vie.

— Nous avons tenté de nous lier...

— Essaye encore. Ne le combats pas. Tu peux t'unir à eux, si tu le permets.

Je secouai la tête. La sorcière semblait si sûre qu'une fois que mes compagnons et moi serions liés, nous pourrions éviter toutes les catastrophes. Cela me fit me demander ce qu'elle savait.

— Yseult, pourquoi nous aidez-vous ? Quand vous nous avez rencontrés, Erik et moi, vous avez essayé de jeter un sort.

— Tu l'as assez facilement brisé, Fleur.

Une épaule se souleva à moitié.

— C'est dans ma nature de tester. J'ai besoin des Berserkers à leur force de combat. La faiblesse ne peut pas être tolérée. C'est la raison pour laquelle j'ai trouvé pour eux tes sœurs et toi. Je ne peux pas faire face au Roi Cadavre toute seule.

— Pourquoi êtes-vous impliquée dans cette bataille ?

— Parce que j'ai été un jour comme toi. Les Hommes Gris sont venus pour moi, mais je n'avais pas de protecteur. J'ai accompli tous les sacrifices que j'ai pu, cherchant un pouvoir pour le combattre et j'ai franchi la ligne vers les ténèbres. J'ai de la puissance, oui, mais elle n'est pas naturelle et a brûlé la magie offerte par la déesse. Je ne suis plus une femme-spae ni ne suis capable de m'accoupler avec un Berserker.

Il y avait du regret dans sa voix, la faisant paraître plus humaine qu'auparavant.

— Mais je suis en sécurité pour un moment. Si le Roi Cadavre se lève, tout s'arrête. Il n'y a aucune créature magique qu'il ne rêve pas de gouverner ou de détruire.

Était-ce un brin de peur humaine dans le ton plat ?

— Je n'ose pas m'approcher de l'endroit où il repose.

Encore maintenant, je cherche un sort pour le démolir, parce qu'une fois qu'il se réveillera, il n'y aura aucun moyen de l'enterrer.

— Une de ses femmes a trouvé une façon, rappelai-je à Yseult.

— Oui, et ce sort a été perdu.

Je nouai mes mains ensemble. Tellement de choses dépendaient du fait que je mette de côté mes peurs et m'ouvre à mes hommes.

— La déesse te récompensera de nous aider, dis-je finalement.

— Je ne te mentirai pas, Fleur. Si tu ne te lies pas à temps avec tes guerriers, tu pourrais faire face au Roi Cadavre sans eux. Je n'ai pas vu l'aboutissement de ça. Il y a plusieurs chemins que le monde peut prendre, mais le destin de cette île repose sur toi.

Mes doigts s'élevèrent à nouveau et caressèrent le torque autour de mon cou.

— Je peux te donner quelques astuces qui peuvent aider, proposa Yseult alors que sa voix devenait plus faible et plus éloignée, puis la flaque ondula, gâchant son image.

— Fleur ? appela l'un des guerriers depuis l'intérieur de la cabane.

— J'arrive.

Alors que je me levais, mon pied cogna contre l'eau et le visage d'Yseult partit en tourbillonnant.

Méditant sur les mots de la sorcière, je trébuchai presque sur un objet posé sur le porche.

Le bâton de la sorcière.

CHAPITRE 8

— *J*e n'aime pas ça, grogna Erik.

Il se tint avec les bras pliés, un air renfrogné en direction du long bout de bois sculpté qu'Yseult avait laissé. C'était certainement l'une des « astuces » qu'elle m'avait remises, mais je n'offris pas de détails sur la raison pour laquelle il était apparu à l'extérieur de notre cabane en pleine nuit.

— La sorcière n'agit pas sans raison, ajouta Arne.

Il paraissait fatigué, plus usé qu'il aurait dû pour simplement être réveillé au milieu de la nuit. Être à l'écart de la meute commençait à se voir sur chacun d'entre eux.

— Cela pourrait protéger Fleur, ou non. Mais c'est un cadeau, un que l'on ne doit pas rejeter facilement.

— Elle veut que Fleur affronte ces choses, combatte cet ancien mal. Je mourrai avant d'autoriser que cela arrive.

Gunnr gémit.

— Arrêtez de vous battre, protestai-je. Cela bouleverse notre lien.

Erik se retourna, mais pas avant que je le vois essuyer du

sang de son visage. Un autre saignement de nez qui provenait d'un effort mental.

— Qu'importe ce que c'est, une aide ou un piège, nous ne pouvons rien changer jusqu'au matin.

Arne s'était déjà rallongé sur le sac de couchage. Avec quelques commentaires grognons de plus, Erik nous rejoignit. Je ne lui dis pas que je me sentais plus en sécurité avec le bâton présent, même s'il était du côté opposé de la pièce où Erik l'avait envoyé après l'avoir rentré à l'intérieur.

La sorcière avait raison. Le temps venait à manquer et nous avions besoin de toute l'aide que nous pouvions avoir.

* * *

JE RÊVAI de nouveau de Gunnr sous sa forme humaine.

Il était un grand homme aux larges épaules, nu à part la peau noire autour de ses épaules. Il y avait une petite cicatrice blanchâtre sous son œil, juste à l'endroit où se trouvaient les quelques poils blancs sur le loup.

— Fleur, grogna-t-il, un bruit guttural que je pouvais à peine comprendre.

J'étais attachée et il s'agenouilla sur moi, découpant les liens pour que je puisse le serrer dans mes bras.

Mes doigts passèrent au crible ses soyeux cheveux noirs. Je pressai mes lèvres sur sa douce peau. Mes jambes se verrouillèrent autour de lui, l'attirant contre mon corps, et il s'actionna en moi avec un cri. Je souris en absorbant ses poussées avec mon corps.

Quand il trembla sur moi avec son orgasme, je resserrai ma prise.

Ses lèvres trouvèrent mon oreille.

— Si douce et parfaite.

Il paraissait moins animal et plus humain.

Je lissai en arrière ses cheveux noirs de son visage. Il avait les yeux dorés et il était bronzé telle une feuille séchée de chêne, une teinte entre celles d'Arne et d'Erik.

— Dois-tu repartir ?

— Je n'ose pas rester.

Tendant mon cou, je l'embrassai.

— *Je te ramènerai pour toujours,* promis-je, parlant entre nos esprits. *Je trouverai un moyen.*

LE MATIN SUIVANT, l'étrange fraicheur dans l'air correspondait au mutisme glacial entre Erik et Arne. Je soufflai et, prenant le bâton, allai récupérer de l'eau avec Gunnr.

Nous marchâmes en silence. Mon cœur était trop lourd pour parler de ce que j'avais vu dans mon sommeil. Par la mine triste du loup, je me demandai si nous avions partagé le même rêve.

Un grognement résonna des bois alors que nous nous approchions du ruisseau. Gunnr se mit immédiatement devant moi, me forçant à reculer. Je n'eus pas besoin d'un deuxième avertissement pour détaler. Nous fîmes demi-tour en courant, Gunnr sur mes talons, un bruit de grognement derrière nous. Alors que j'approchais de la hutte, je replaçai le son. Pas un loup. Un Berserker.

— Viens, Fleur, s'exclama Arne en surgissant de la cabane.

Il saisit ma main et m'attira. Son contact même m'encouragea à aller plus vite que je l'aurai sinon été. Le bâton me donna également une sensation d'apesanteur qui me rendit légère sur mes pieds.

Erik et Gunnr, les deux sous forme de loup, disparurent dans les bois.

Arne nous fit continuer à courir en avant.

— Ils créeront une confusion sur la trace pendant que nous nous cachons dans le village.

— Qu'en est-il des Hommes Gris ? Ne seront-ils pas en train d'attendre ?

— Nous devons essayer.

Nous émergeâmes de la forêt, dans un champ où la sorcière avait posé le verre pour prédire l'avenir. Les herbes fouettèrent mes jupes, mais le sol cédait le passage à de la boue aspirant mes bottes.

— Par les Lunes, jura Arne.

L'étang dans le pré s'était transformé en un géant bassin d'eau. Je fis l'erreur de regarder par terre, et à la place de mon visage et ma silhouette, j'aperçus la vision de ma mort, le corps enveloppé d'un linge dans une grotte pareille à une sépulture.

— Fleur, cria Arne à mon visage alors que je revenais vers lui. Qu'est-ce que c'était ?

— J'ai vu ma tombe, l'informai-je en empoignant ses bras.

Nous nous agenouillâmes tous les deux au bord de l'eau.

Le hurlement de la horde en chasse augmenta.

— Attends, dit-il, décalant son corps pour se placer entre l'herbe agitée et moi.

Une silhouette jaillit de là, un monstre géant aux poils noirs. Je me cramponnai au bâton comme si c'était une arme, mais il n'avait aucun tour pour m'aider.

— Erik, commença Arne en écartant ses mains pour montrer qu'il ne constituait pas une menace. C'est nous.

Les canines et la fourrure s'estompèrent jusqu'à ce que je reconnaisse une partie du visage d'Erik. Le corps de la créature était voûté, faisant un pied de plus que sa taille déjà massive. Gunnr était à ses côtés.

— Est-ce que la meute est partie ? demandai-je dans un espoir vain.

— Non, confirma Arne. Nous sommes entourés.

Les guerriers formèrent un cercle avec moi au centre.

— Est-ce que les Alphas sont là ?

— Tous. Je suis sûr.

— Nous pouvons nous échapper, n'est-ce pas ? question-nai-je alors même que mon cœur sombrait.

Arne pouvait se transformer en aigle, mais qu'en était-il des autres ? Ils ne pouvaient pas simplement s'envoler.

Erik tomba à genoux à côté de moi. Ses mains étaient davantage des griffes au bout de rasoir, mais son visage était en grande partie celui d'un homme.

— Fleur, va. Ils ne te feront pas de mal.

— Non, protestai-je en agrippant son bras. Pas sans vous.

— Nous nous sommes retrouvés dans cette situation auparavant, grogna Arne. Il n'y a pas le temps.

— Je te dis de te sauver, tu t'enfuis.

— Je ne peux pas. Je ne vous laisserai pas mourir.

— Il y a une chance que, si nous te rendons, les Alphas nous permettront de partir.

— Vous serez coupés de la meute. J'ai deviné vos pensées. Vous deviendrez fous et vous périrez.

— Il n'y a pas beaucoup de temps, lâcha Arne. Et il n'y a aucune clémence en eux.

— Ils viennent nous tuer, Fleur, nous ne souhaitons pas que tu voies ça.

— Non, je ne le permettrai pas, hurlai-je.

Je fis pivoter mon bâton et frappai le sol. Il fit gicler l'eau, qui s'élevait à présent assez pour couvrir nos pieds. Le bassin de prédiction de l'avenir continuait à se répandre, s'étirant dans toutes les directions à partir de nous.

Arne trébucha de surprise.

— Quelle est cette magie ?

— Pas le temps, criai-je. Accrochez-vous à moi.

Ma main gauche creusa la fourrure de Gunnr, et la droite conduisit à nouveau la canne dans la flaque. De la brume se répandait de l'étendue d'eau, se propageant sur les champs.

— Gardez vos mains sur moi, ordonnai-je et j'attendis

jusqu'à ce qu'Arne et Erik attrapent chacun un bras. Maintenant, nous marchons. Lentement.

Nos mouvements ne perturbèrent pas la vapeur, qui continua d'affluer à la surface de l'eau, plus épaisse à l'endroit touché par le bâton.

Au travers, nous vîmes de vagues formes, les immenses monstres des Berserkers sous l'emprise de la colère. Quelquefois, les grognements et les hurlements des Berserkers semblaient plus proches, parfois très loin.

— Quelques-uns de nos frères pourraient tomber là-dedans, marmonna Arne.

— Cela ne les blessera pas.

— Non, mais la panique pourrait les laisser pas loin d'être des bêtes enragées.

Je me dirigeai vers le côté opposé du bassin magique, mais à ma grande surprise, la cabane jaillit devant nous.

— Cet endroit est sûr, indiqua Arne. C'est protégé. Je sens que les Berserkers ne nous trouveront pas ici, autrement elle n'apparaîtrait pas.

Les guerriers me firent entrer en premier. Par respect pour Erik, je déposai le bâton en appui sur le mur à côté de la porte, bien que la canne ne semblât plus le déranger.

Je fis les quelques pas pour atteindre la paillasse et m'affaissai immédiatement. La fatigue s'accumulait dans mon corps, alourdissant mes membres.

Arne s'agenouilla près du lit pour me couvrir de la cape en fourrure. Je saisis sa main.

— Être séparés de la meute laisse des séquelles. Nous avons besoin de nous lier.

— Repose-toi, petite, m'apaisa-t-il avec sa voix grave. Il y aura le temps pour ça, si la déesse le veut.

* * *

JE ME RÉVEILLAI à l'odeur de fourrure mouillée et une chaleur abondante dans mon dos. Sans ouvrir mes yeux, je tressaillis et commençai à m'éloigner en roulant quand une langue rugueuse attrapa ma joue.

Le long nez de Gunnr me poussa alors qu'il léchait mon visage.

Je plissai mon nez. Il me sourit et laissa sortir un aboiement. Arne se dépêcha de venir à mes côtés.

— Comment te sens-tu ? demanda-t-il en m'aidant à m'asseoir.

Je fis un inventaire de mes membres. Mon corps était raide, mais rien ne faisait mal.

Quand je l'eus dit à Arne, il rejeta un souffle soulagé et me donna une coupe d'hydromel.

— Tu nous as sauvés, Fleur.

— Peut-être que le bâton est utile après tout, déclarai-je en offrant un faible sourire.

— Ou tu as finalement reçu ta force, notifia Erik en s'accroupissant tout près.

— Sommes-nous toujours en sécurité ici ?

— La nuit est tombée. S'il y a des Berserkers dehors, nous ne pouvons pas les sentir. Nous pensons que la brume les a égarés.

— Nous avons du répit.

— Nous devons nous lier, dis-je en posant la coupe de bière.

— Vraiment, petite sorcière ? Nous donnes-tu l'ordre encore une fois ? blagua Arne d'un ton amusé alors qu'il se levait et allait vers le foyer.

— Nous menaceras-tu avec ton bâton si nous n'obtempérons pas ?

— Me menacerez-vous avec les vôtres ? questionnai-je en dirigeant un regard appuyé au-devant de leurs hauts-de-chausse.

— Je pense que cette punition est en règle, s'esclaffa Erik.

— Oh oui, confirma Arne, revenant avec le paquet de choses qu'il avait acheté au marché. Tu nous as encore désobéis. Nous t'avons commandé de t'enfuir et tu as refusé.

— Ça vous a sauvé la vie, fis-je remarquer, ce qu'il m'avait dit tout juste une minute auparavant.

— Oui, sourit-il comme s'il savait sa propre absurdité. Mais quand nous donnons un ordre, nous attendons que tu obéisses. Nous t'entraînerons jusqu'à ce que tu le fasses.

Des picotements se propagèrent à travers mon corps.

— La bête demande ta restitution, dit Erik en tirant une mèche de mes cheveux. Elle souhaite que tu te soumettes, savoir que tu nous appartiens.

Souriant, je retirai le ruban de ma chevelure et la laissai dégringoler le long de mes épaules.

— Faites ce que vous voulez.

* * *

Quelques minutes plus tard, j'étais étendue nue sur mon dos, ficelée au centre de la hutte, avec les bras et les jambes écartées. Les cordes étaient constituées de cuir soyeux et attachées autour de quatre larges rochers.

Nos ennemis pouvaient se trouver dehors, mais je m'en préoccupais le moins du monde.

— Respire profondément, fille, ordonna Erik.

J'obéis, le laissant gouverner mon souffle. Liée comme je l'étais, je pouvais uniquement déplacer ma tête ou déplacer un doigt.

Arne était assis sur une pierre au-dessus de moi, tenant une bougie allumée, un autre achat récent au marché.

Erik était posé sur son flanc à côté de moi, prenant paresseusement l'un de mes seins dans sa paume.

— Et maintenant, Fleur ? Acceptes-tu de nous obéir ? D'exécuter ce que nous ordonnons ?

— Seulement si cela ne met pas en danger votre vie, indiquai-je après avoir tourné ma tête vers lui.

— Mauvaise réponse, déclara Arne en inclinant la bougie et de la cire blanche tomba sur ma chair exposée.

Je tressaillis alors que chaque goutte touchait ma peau, de petits points de feu qui marquaient la ligne de ma clavicule tel un collier.

J'étais installée sur le doux voile de pelage, mais aucune goutte de cire n'atteignit la fourrure.

— À qui appartiens-tu ? demanda Erik.

Ses doigts errèrent plus bas, planant sur mon ventre vulnérable et trempant à l'intérieur de ma chatte.

— Je vous appartiens.

— Es-tu sûre ?

Ses doigts dérapèrent plus bas et je serrai mes fesses aussi fort que possible pour contrer son assaut.

— Un peu de soutien, dit-il à Arne après avoir claqué sa langue à mon intention, ce qui laissa la cire éclabousser mes seins.

Mon dos s'arqua et je haletai.

S'installant entre mes jambes, Erik glissa ses doigts et conduisit un doigt et un pouce dans chaque trou de mon bas du corps.

— Qu'en est-il à présent ?

Se penchant plus près, Arne fit couler de la cire directement sur mon téton, faisant fortement se contracter mon corps autour des doigts envahisseurs d'Erik.

L'excitation flamba en moi.

Erik plongea au fond entre mes plis, touchant avec son pouce un point sensible qui alimenta encore plus le brasier. Davantage de cire éclaboussa mon mamelon gauche et le feu à l'intérieur de moi menaça de me consumer.

— Dis-nous ce que nous voulons entendre, Fleur, ou alors, nous couvrirons chaque morceau de ton corps de cire et ne t'autoriserons pas à jouir.

— Oh, s'il vous plait, suppliai-je alors que chaque muscle de mon corps se serrât, luttant pour un plaisir hors d'atteinte.

— Laisse-moi lui mettre le plug, proposa Erik. Elle se rappellera qui possède son corps quand elle aura son cul rempli.

Mes guerriers poussèrent les pierres au niveau de mon pied gauche et de mon pied droit pour les rapprocher afin de pouvoir caler mon derrière. Erik présenta le bulbe en bois et le huila pour le lustrer.

— Non, gémis-je alors qu'il le pressait à l'entrée de mon cul.

— Tu dis non, mais tes tétons sont pointés et ta chatte fuit de désir, indiqua Erik alors qu'il faisait tournoyer l'extrémité la plus étroite du plug autour de mon trou du cul, chatouillant la chair sensible. Je pense que t'aimes ça.

— Elle apprécie savoir qu'elle est possédée. Que chaque part d'elle est sous nos ordres. Et que nous la punirons ou lui donnerons du plaisir comme nous le souhaitons.

Étendue sur les fourrures, avec la lueur du feu miroitant sur ma peau éclaboussée de cire, j'étais leur magnifique propriété.

Ma tête pendait sur mon cou alors que le plug écartait mon trou du cul à son maximum et glissait à l'intérieur.

Arne continua à parsemer ma chair, faisant couler la cire depuis différentes hauteurs comme pour tester mes réactions, alors qu'Erik me baisait lentement avec le plug. De la sueur perla sur ma peau couverte de cire.

— S'il vous plait.

Mes membres tremblèrent avec l'arrivée du plaisir.

Erik m'étira avec deux doigts dans ma chatte, puis un autre et un autre.

— Bientôt, nous te remplirons.

— Ce soir, haletai-je. S'il vous plait.

— Tu ne fixes pas les règles, me rappela Arne. Tu te soumets à nos décisions.

Je dénudai mes dents en le regardant et il posa une trace de gouttes de cire à partir du sternum jusqu'à mon monticule rasé. Mon abdomen se serrait à chaque ajout, la chaleur s'élevant alors que le motif d'Arne se rapprochait de l'endroit où Erik jouait.

D'un sourire malicieux, Erik enleva ses doigts, et puis le plug, alors même qu'Arne versait la cire directement sur mon centre chaud.

Mes cris résonnèrent dans mes oreilles alors que mon orgasme se fracassait dans mon esprit même.

Les guerriers se tinrent au-dessus de moi, les culottes ouvertes et leurs bites sorties. Erik avait la sienne dans sa main et grognait en la pétrissant. Les puissantes cuisses d'Arne frémirent alors qu'il saisissait sa géante tige dans son poing.

Je tirai mes liens d'un coup sec, léchant mes lèvres.

— S'il vous plait. Offrez-moi vos queues. Accordez-moi ce dont j'ai besoin.

Sous la cire durcie, mes mamelons palpitèrent.

— Tu prends ce que nous te donnons, dit Arne.

Sa mâchoire se serra. Il se mit à genoux et je fis un effort vers le haut, sentant son musc. Du liquide coula du sommet de sa bite.

Erik s'agenouilla de l'autre côté de moi. Une main continuait de pomper sa queue alors que l'autre se fermait sur mon sein.

Mes lèvres articulèrent des supplications silencieuses alors que les guerriers m'éclaboussaient de leurs semences.

Ils brisèrent mes liens de leurs mains nues et me soulevèrent, chacune réclamant ma bouche avant de me laver avec des tissus soyeux et de m'envelopper dans le voile de fourrure.

Arne me prit dans ses bras.

— Nous ne te prendrons pas jusqu'à pouvoir te prendre tous ensemble.

— Il n'y a pas le temps. Les Hommes Gris viennent. Le Roi Cadavre me veut comme femme.

— Il ne t'enlèvera pas, dit Arne en pressant un doux baiser sur ma tempe. Tu nous appartiens déjà.

* * *

ARNE SE TENAIT dans l'embrasure de la porte de la cabane, baigné par la lumière du matin. Je me levai et tirai la cape plus serrée autour de moi en allant vers lui. Il mit ses bras autour de moi, mais ne parla pas. La brume s'enroulait toujours dans la forêt et le champ, mais faiblissait.

— Il n'y a pas de signes des Berserkers, bien que nous sachions qu'ils nous pourchassent encore. Erik et Gunnr ont exploré sous leur forme de loups.

Je frissonnai dans l'air froid. Cela ne semblait plus être la mi-été.

— Reviens à l'intérieur.

Il s'occupa du feu alors que je me tenais à côté avec mes bras enveloppés autour de mon corps.

— Arne, la revendication… elle n'est pas complète, n'est-ce pas ?

— Pas encore. Gunnr n'ose pas se Transformer.

Je massai mon visage, sentant toute la lassitude des derniers jours.

Et ce n'était pas que moi. Les guerriers montraient des signes de fatigue. Erik frottait sa tête affligée par des saigne-ments de nez. Gunnr était coincé sous sa forme de loup. Les larges épaules d'Arne commençaient à se courber, sa magnifique peau devenait cireuse. C'était plus qu'uniquement la séparation de la meute. Ma maladie les infectait.

La porte grinça alors qu'Erik et Gunnr revenaient, mais je ne pus leur faire face.

— C'est ma faute, chuchotai-je.

— Non, dit Arne, me rappelant que les loups disposaient d'une audition pointue. Nous avons besoin de plus de temps.

— Nous sommes en fuite. Nous gardons nos distances à la fois de la meute et des Hommes Gris.

— Je peux y retourner, proposai-je en ramassant le bâton d'Yseult. Je plaiderai votre cause.

— Tu ne le feras pas, s'opposa Erik.

— Tu ne comprends pas. Je ne peux pas me lier avec vous.

— Bien sûr que tu peux, riposta Arne. Tu possèdes de la magie et tu tiens à nous...

— Je suis en train de succomber, déclarai-je alors que mes pleurs remplissaient la hutte. Je sais que je le suis. J'ai vu ma propre mort.

Trois visages dévastés m'oppressèrent, deux guerriers, un loup.

— J'ai entrevu une tombe dans une grotte et un corps enveloppé dans un linge.

— Fleur, murmura Arne en s'avançant.

— Non.

Je fis voler une main en l'air pour l'éloigner, mais trop tard. Les bras tatoués d'Erik se fermèrent autour de moi et le bâton tomba dans un fracas.

— Shhhhh, shhhh, dit-il en tripotant mes cheveux, me pressant contre lui comme se rassurant lui-même que j'étais en vie. Nous ne laisserons rien t'arriver.

Il n'y avait rien qu'ils puissent changer.

— Ne dis pas ça, objecta Arne.

Je clignai des yeux. Je n'avais pas parlé tout haut, ce qui voulait dire que les guerriers avaient entendu mes pensées.

— Oui, dit Erik dans mon esprit. Il y a un lien entre nous. Tu ne peux pas le nier.

— C'est trop tard. Ce n'est pas sûr pour vous d'être connectés à moi. Vous ne pouvez pas le risquer.

— Nous serons juges de ce que nous mettrons ou pas en péril.

— Je...

Avant de pouvoir finir mon idée, Erik me retourna pour lui faire face.

Plaçant un poing dans les cheveux à l'arrière de ma tête, il inclina mon corps en arrière et m'embrassa. Ses lèvres étaient fermes, désespérées, et je refusai de céder devant lui. Je luttai, les mains tirant sur ses épaules nues, les ongles égratignant ses muscles puissants jusqu'à ce qu'il frémisse, mais ne relâche pas. Sa langue s'imposa dans ma bouche.

Mon corps prit feu. Je me pressai contre lui, frottant mes tétons douloureux. Au lieu de le repousser, je griffai son dos, essayant de l'approcher.

Ses mains trouvèrent mon cul et le saisirent, me soulevant. Mes jambes s'entortillèrent autour de ses hanches alors qu'il me portait vers notre place pour dormir, et nous déposait tous les deux. Ses lèvres libérèrent les miennes et revinrent, la barbe égratignant mon visage. Mon dos s'arquant, je pris sa tête dans mes mains et le forçai à se baisser, pour que sa barbe de trois jours érafle mes seins en manque d'affection.

— Par la lune, souffla Erik.

Ses mains déchirèrent le voile que je portais et je fus reconnaissante que mon fourreau et ma robe fussent pliés en sécurité à l'écart. Ils ne survivraient pas à la passion imminente.

Je maintins le crâne d'Erik au niveau de mes seins alors qu'il me vénérait de ses lèvres et de sa langue astucieuses. Mes hanches dansèrent sous lui, sondant, affamées.

— Fleur, dit Arne qui se tenait au-dessus de nous, les yeux brillants.

Je tendis la main pour l'atteindre.

— Arne, s'il te plait. J'ai besoin. J'ai besoin...

Je haletai alors qu'Erik attrapait mon téton entre ses dents. La chaleur forma une flaque au sommet de mes jambes. Si les guerriers ne me donnaient pas bientôt du soulagement, je crierais.

Erik arrêta de me mordre. Sa langue nettoya la douleur. Il roula sur son dos alors que j'étais encore dans ses bras. Je me redressai et le chevauchai, déchirant son pagne.

Les mains d'Arne tinrent tendrement mes hanches.

— Très bien, petite louve. Nous te donnerons ce dont nous avons besoin.

Erik prit mes seins dans ses paumes, de la vénération sur son visage. Lentement, je m'enfonçai sur lui. Ma chatte eut un spasme alors qu'il me remplit. Je m'écroulai encore plus sur lui, tremblant de la sensation qui ébranlait mon corps. Ça semblait si bon, si juste. Je ne me fatiguerais jamais de cette sensation. J'étais faite pour lui.

Mes hommes me marmonnèrent ces choses. Arne resta accroupi derrière moi, maintenant mon corps alors que je me redressais et commençais à chevaucher la bite d'Erik. Mon corps ondula dans un mouvement aussi vieux que le temps.

La main d'Arne me poussa en avant. Ses épais doigts écartèrent mes fesses.

— Tu me prendras également, Fleur.

Ses doigts et la queue d'Erik frottèrent mes parties les plus intimes jusqu'à ce que je frémisse sous la sensation.

— Nous te revendiquerons tous les deux. Tu es faite pour ça.

Me pressant contre la poitrine nue d'Erik, je patientai pour qu'Arne entre en moi. Erik leva mon menton et prit ma bouche en un baiser sauvage, rempli des jours, des mois, des années d'attente.

— Si belle. Tellement bon. Tu étais faite pour nous.

La large extrémité de la queue d'Arne se mit au niveau de mon trou du cul. Il poussa doucement vers l'intérieur. J'étais glissante d'huile et de mes propres jus, mais je gémis tout de même quand mes guerriers m'étirèrent jusqu'à la limite. Mes tétons se durcirent tels des galets contre la ferme poitrine d'Erik.

Le poing dans mes cheveux, Arne tourna ma tête afin de capturer ma bouche.

— Mienne, grogna-t-il, puis il relâcha sa prise avant de commencer à se balancer en moi.

Mes deux guerriers remuèrent avec moi entre eux.

Mes larmes tombèrent alors. Mes doigts s'appuyèrent sur les robustes bras d'Erik.

— Ne pleure pas, fille. Nous étions destinés à être ensemble.

Je posai ma joue sur sa poitrine et laissai les sanglots se dérouler, nous bougeâmes plus rapidement et mes reniflements devinrent des gémissements, vibrant profondément en moi, des déferlements accablants de plaisir, chacun plus puissant que le précédent.

— C'est ça. C'est nous, dit Arne.

Ses lèvres trouvèrent mon cou et sa langue lécha ma chair, une fois, deux fois. Des dents mordirent.

J'atteignis violemment mon orgasme, mon corps se contractant sauvagement alors que le plaisir grésillait dans mon esprit. Mes hommes continuèrent de s'actionner.

— Prends-nous, prends tes compagnons, commanda Arne.

Erik se cabra et plongea ses dents dans mon épaule droite. Je hurlai comme si la foudre m'avait frappée. Mon orgasme picota mes seins et ma chatte. Le guerrier tatoué rugit alors que ses propres hanches avaient un spasme, tirant sa semence en moi. Je tins bon aussi serrée que je le pus, espérant pouvoir complètement fusionner nos corps.

Dans mon dos, Arne me pilonna plus rapidement. Ma chair s'étirait autour de lui alors qu'il prenait son plaisir. Avec plusieurs grognements criards, il se dépensa également.

Je les caressai tous les deux, les saisissant quand ils souhaitèrent glisser hors de moi, de petites protestations quittant mes lèvres. Je voulais qu'ils vivent en moi.

Arne tomba sur son dos en dehors de moi.

— C'est la façon dont s'est censé se passer, toujours, Fleur.

Erik me tint près et lécha le sang sur mes épaules. Même à présent la peau était en train de guérir, la preuve que notre lien nous unissait. La puissance des Berserkers se déversa à travers mes membres.

Je rigolai. Je périrais, me sentant plus forte que je ne m'étais jamais sentie.

— Tu ne mourras pas, promit Arne. Nous te protègerons jusqu'à notre dernier souffle.

Le grand homme me souleva et posa un tissu frais entre mes jambes. Il me nettoya minutieusement.

Erik s'étendit et essuya la petite quantité de sang coulant de son nez. Juste une goutte, et il la faucha rapidement, mais pas avant que je puisse voir.

— Vous êtes aussi en train de périr, dis-je. Vous avez été trop longtemps coupés de la meute.

Gunnr laissa sortir un gémissement et posa sa tête sur ses pattes.

— C'est ta présence qui nous maintient entiers, qui nous garde sains d'esprit, indiqua Arne. Si tu meurs, nous te suivrons. Mais d'ici là, nous te protègerons avec chaque once de force que nous avons en nous.

* * *

Je me réveillai au moment où le feu fut presque éteint. Me levant, je réapprovisionnai le bois, me souriant à moi-même quand un filet de semence courut le long de ma jambe. Même quand je fis tomber une coupe d'eau, mes deux guerriers dormirent comme s'ils étaient morts.

Je touchai la peau tendre de mes épaules avant de m'habiller, d'enfiler le voile de fourrure et de ramasser le bâton. Gunnr était sorti chasser. J'irais à eux et trouverais les Alphas, et leur montrerais mes morsures d'accouplement. Le cadeau d'Yseult me mènerait jusqu'à la horde et me garderait en sécurité.

Après quelques minutes de marche, la sensation fourmillante devint plus forte. Des ombres se profilèrent au-devant dans la brume.

Je sentis la puanteur avariée alors même que je réalisais que le bâton me donnait un avertissement.

Des mains froides de morts se fixèrent sur mes bras nus. Pas des Berserkers.

Les Hommes Gris.

CHAPITRE 9

L'abbaye se tenait sur la courbe d'une route tranquille vers un village, entouré de champs dorés. Un endroit paisible, mais plus je me rapprochais, plus ma peau frissonnait, bien que cela pût être dû au contact horrible des Hommes Gris.

Mes ravisseurs n'avaient pas travaillé pour me maîtriser, mais ils n'en avaient pas eu besoin. Un d'eux avait désigné mon crâne, me donnant un mal de tête palpitant, et je n'avais pas osé tenter quoi que ce soit d'autre, de peur qu'ils essaient de me rendre inconsciente. Si je restais alerte, peut-être que je pourrai m'échapper ou me battre.

Je m'accrochai au bâton. Ils n'avaient pas voulu le toucher, mais le cadeau d'Yseult n'avait rien fait pour me protéger.

Et donc, résignée à mon destin, je n'avais pas lutté. Je n'avais jamais vu autant de mes ennemis à un endroit. C'était adéquat alors qu'ils me menaient jusqu'à ma dernière demeure.

Le contingent d'Hommes Gris me guida le long de la route vers le bâtiment en pierre. Nous arrivâmes à une grande porte en bois attachée par du fer alors même que le crépuscule tombait. La tête palpitante, les yeux mi-fermés de douleur, je restai suspendue flasque dans les bras des Hommes Gris.

L'entrée s'ouvrit et un homme robuste dans des vêtements de moine vint sur le palier. Il me regarda de haut en bas.

— Que suis-je supposé faire avec celle-là ? dit-il d'une voix sèche. Elle semble à moitié morte.

Les Hommes Gris étaient silencieux la plupart du temps, mais quand ils parlaient, c'était d'une voix pareille à une aiguille égratignant une pierre d'ardoise.

— Garde-la enchaînée, chuchota l'un d'un ton sifflant.

— Oh très bien, lança l'homme en leur faisant signe de me pousser en avant. Mais tu ferais mieux de revenir rapidement. Je ne vais pas la nourrir.

Sa main se ferma autour de mon bras, il me traîna au travers des salles fraîches jusqu'à un ensemble de marches. Une fois que nous les eûmes montées, il prit un grand anneau de clés qui était suspendu à sa ceinture et déverrouilla une porte de la tour. À l'intérieur, les dalles étaient bordées de foin et il y avait un pot de chambre dans le coin. Il m'attacha avec une chaîne au mur et partit.

Je m'appuyai sur la fenêtre et regardai en bas vers les jardins au niveau inférieur.

— À l'aide, essayai-je d'appeler, mais ma voix était faible.

Je tentai d'utiliser le lien entre les guerriers et moi, mais il n'y avait rien. Quel que soit le pouvoir qu'avaient les Hommes Gris pour me fragiliser, il coupait également la connexion. Je sombrai sur le foin.

Je me réveillai à un bruit de grincement métallique, la porte qui s'ouvrait. Avant de pouvoir me forcer à me mettre sur mes pieds, empoignant le bâton tel une piètre arme, une jeune femme avec de longs cheveux châtains passa sa tête à l'intérieur.

— Oh, dit-elle. Je n'avais pas réalisé que quelqu'un était là-dedans. J'aurais dû vérifier.

Elle commença à fermer la porte.

— Attends, criai-je. Ne pars pas !

Elle ouvrit la porte, jetant un coup d'œil furtif le long du couloir, et la ferma derrière elle.

— Je peux rester, mais seulement pour un instant. Tu dois être nouvelle. Je ne t'ai pas encore rencontrée. Je suis Noisette, l'une des pupilles ici.

Elle fit une petite révérence.

Des pupilles ? Avant de pouvoir demander ce qu'elle voulait dire, elle fit un geste vers mon pied enchaîné.

— Est-ce que la maladie est sur toi ?

— Quoi ?

— As-tu une douleur en toi ? questionna-t-elle en s'empourprant. Parfois, cela se manifeste comme une ferveur ici ou ici, indiqua-t-elle en montrant d'abord ses seins et rougissant un peu plus, puis sa main plana juste en dessous du niveau de sa taille.

Si elle était nue, cela cacherait son monticule.

— Tu parles des chaleurs ? chuchotai-je, et j'utilisai le bâton pour me relever sur mes pieds. Écoute, Noisette. Je suis là contre mon gré. Les Hommes Gris, des hommes m'ont attrapée et m'ont amenée ici.

— Tu dois m'aider à me libérer, dis-je en secouant ma cheville et faisant cliqueter la chaîne.

Son visage se déforma comme si elle voulait rendre service, mais n'osait pas.

Je réalisai quelle vision sauvage je devais rendre, des bouts de paille dans mes cheveux, une longue cape de fourrure, des bottes épaisses et un bâton sculpté. Un croisement entre une folle et une reine barbare.

— Je suis Fleur d'Alba, offris-je.

— Enchantée, Fleur d'Alba, répondit Noisette doucement.

Elle avait des manières raffinées et une intelligence derrière son air adorable.

— Est-ce que ta famille t'a envoyée ? Le moine rassemble des filles qui sont remplies d'esprits dévergondés. Il utilise cette pièce pour les apaiser quand la fièvre est sur elles. Elles restent là jusqu'à ce que des maris appropriés soient localisés.

Je m'immobilisai.

— Est-ce pour cela que tu es ici ?

— Non, je suis orpheline. Nombre parmi nous ont été recueillies par le religieux. Les enfants de femmes dévergondées. Nous sommes élevées jusqu'à ce que le temps soit venu que nous souffrions de la fièvre et que le moine nous trouve également des hommes.

— As-tu déjà enduré la fièvre ?

Encore une fois, la tête châtaine se précipita pour jeter un coup d'œil dans le couloir derrière elle.

— Oui, chuchota Noisette. Je ne sais pas pourquoi je te fais confiance, mais c'est le cas. J'en ai souffert à chaque lune depuis l'été dernier. Mais quelques autres et moi-même le cachons. Une des filles a été envoyée à un mari et a été retrouvée morte. J'ai surpris le moine en parler aux gardes. À présent, aucune d'entre nous ne souhaite se marier.

— Noisette, tu dois m'écouter. Moi aussi je viens d'une famille de femmes qui ont leurs chaleurs. J'étais destinée à m'unir, mais ai été enlevée par les Hommes Gris, qui m'ont amenée ici. Ils constituent le mal et je pense être en danger.

Je déglutis, souhaitant ne pas ressembler à une femme délirante. Je n'avais jamais été encouragée à parler de magie et de mal, pas avant de rencontrer mes compagnons. Si cette jeune femme protégée ne me croyait pas, je n'aurais aucun espoir.

— Tu les appelles les Hommes Gris... tu veux parler des gardes à la peau pâle ? Ceux étranges et silencieux qui travaillent pour le moine ?

De la peur se refléta sur son visage. Elle aussi était affectée par les Hommes Gris, bien qu'elle ne dût pas les voir comme moi, sous leur vraie apparence.

— Oui. S'il te plait, m'aideras-tu à me libérer ?

Elle hésita, une main encore sur la porte.

— Je sais que cela parait être de la folie, mais…

— Non, dit-elle finalement en s'avançant. Ce n'est pas de la folie. Cela fait longtemps que je suspecte que le moine mijote quelque chose. Je t'aiderai si je le peux.

— Merci. Une fois que je serai libre, je ferai tout ce que je peux pour t'assister.

— Commençons par le commencement. Je dois trouver un moyen pour te libérer.

Alors qu'elle s'agenouillait et examinait ma menotte, j'envoyai une prière silencieuse à la déesse pour missionner une assistance utile, même si elle était de nature douce.

— Noisette, débutai-je. Les jeunes femmes qui vivent ici, souffrent-elles toutes de fièvres ?

— Oui, confirma-t-elle en fronçant les sourcils. Quelques-unes moins souvent que d'autres, mais les miennes viennent pour quelques jours autour de la pleine lune. J'ai été capable de cacher ma maladie pour que le moine ne m'enferme pas dans cette pièce.

Une porte grinça et elle sursauta, se précipitant vers le couloir.

— Je dois y aller, mais je reviendrai aussi tôt que je le pourrai. Porte-toi bien, Fleur.

L'entrée se ferma d'un bruit sec. Je m'affaissai sur le foin.

Noisette, les filles jouant dans le jardin, et le reste des jeunes femmes qu'elle avait évoquées, elles étaient toutes des femmes-spae. Les Hommes Gris les rassemblaient ici. Une par une, leurs chaleurs arrivaient sur elles et elles étaient enfermées jusqu'à ce que les Hommes Gris viennent les emmener pour le Roi Cadavre en tant que femmes.

Et j'étais la suivante.

* * *

La fois suivante où la porte s'ouvrit, l'homme robuste en robes de moine entra en traînant Noisette.

— Tu penses que je ne saurai pas que tu es venue ici, à fouiner ?

Il la jeta sur le foin et elle laissa sortir un cri effrayé.

— Et toi, me désigna-t-il. Les hommes du roi arrivent pour toi. Je ne t'aurai pas plus longtemps à semer la zizanie.

Je me levai sur mes pieds, le bâton en main, et avançai aussi loin que le permettait la chaîne. Noisette se carapata derrière moi.

Le moine tendit un gros doigt vers moi.

— Ils vous prennent toutes les deux à présent, et vous ne survivrez pas.

La porte vibra alors qu'il la claquait derrière lui.

— Je suis désolée, Fleur, s'excusa Noisette.

Ses bras avaient des contusions à l'endroit où le voyou l'avait traînée et elle tremblait.

— J'ai fait de mon mieux. J'ai dit à quelques filles que tu étais gardée là et que quelque chose n'allait pas. L'une d'entre elles a dû dire au moine que j'avais mis des herbes dans son verre pour qu'il dorme de tout son soûl. À présent, elles sont enfermées dans le dortoir et nous sommes toutes les deux captives ici.

— Ça va, la rassurai-je. Il y a encore du temps pour s'échapper.

Mais, alors que le soleil s'inclinait au travers de notre unique fenêtre, mes espoirs sombrèrent avec lui.

Noisette me raconta sa vie à l'abbaye. La plupart de son temps, elle le passa à faire pousser des choses ou à tisser des vêtements à porter ou à vendre au marché. Les jeunes femmes excellaient aux travaux manuels et toutes savaient comment faire grandir des herbes. Elle me parla des prénoms de ses amies les plus proches.

— La plupart d'entre nous sont venues à l'orphelinat quand nous étions bébés, et nous avons été baptisées avec des noms de plantes. Je suis Noisette et j'ai le même âge que Sauge, Angélique et Fougère. Nous sommes les plus vieilles et nous prenons soin des plus jeunes filles.

— Elles paraissent adorables.

Je gardai mes yeux à moitié fermés face à la lumière, pour préserver ma tête palpitante. La douleur semblait augmenter avec le temps, comme si mon corps sentait les Hommes Gris se rapprochant.

— Notre vie est simple, mais bonne. Je pensais que le moine nous protégeait, mais ça fait longtemps que je me demande s'il a nos meilleures intentions à cœur.

Un air perturbé traversa son adorable visage alors qu'elle expliquait.

— Il y avait une fille appelée Sari, qui a commencé à avoir des fièvres et à faire les yeux doux à tous les hommes du village. Elle m'a dit qu'elle voulait s'enfuir avec l'un d'eux. La nuit où elle avait prévu de s'en aller, elle disparut. Je pensai qu'elle était partie comme elle l'avait juré, mais quand je vis l'homme au marché, il était abattu et seul. Il me demanda de ses nouvelles, et ce fut le moment où je sus que quelque chose n'allait pas.

— Penses-tu que les Hommes Gris sont venus et l'ont enlevée ? questionnai-je alors que ma voix était devenue enrouée après tant d'heures sans nourriture ou boisson.

— Je ne sais pas. Je les ai vus aux environs, mais jamais dans l'abbaye. Je croyais que le moine les avait engagés pour nous protéger.

— J'ai fait confiance pendant trop longtemps, dit-elle après s'être levée et faisant les cent pas dans la pièce. J'ai écouté quand on nous a appris que notre vraie nature était malfaisante et qu'elle devait être réprimée.

— Si j'avais payé attention à mon instinct, j'aurais pu découvrir plus tôt la vérité, déclara-t-elle en retroussant ses mains en poings. J'aurais pu sauver Sari. J'ai déçu mes sœurs.

J'entendis des pas lourds dans les escaliers à l'extérieur de notre porte de prison et me poussai sur mes pieds.

— Noisette, si quelque chose m'arrive quand nous sommes emmenées à ce... roi malfaisant... promets-moi que tu feras tout ce que tu peux pour survivre.

Elle vint empoigner ma main. Étais-je en train de la supporter ou était-ce elle qui me supportait ?

— Je ne crois pas que cela signifie notre mort.

— Je ne sais pas ce que cela veut dire pour toi, commençai-je. Mais qu'importe la magie que possède ce roi malfaisant, cela me rend malade. La présence même de ses serviteurs m'affaiblit.

— Je t'assisterai, m'affirma-t-elle en m'étreignant dans ses bras.

— Non, protestai-je. Si tu peux te libérer, prends le bâton et cours. Il te guidera vers quelqu'un qui peut aider.

Je priai pour que l'outil de la sorcière la conduise soit à Yseult, soit aux Berserkers.

— Avant que les Hommes Gris ne m'enlèvent, je me trouvais avec un groupe d'hommes, des guerriers qui sont assez puissants pour faire face à presque tout sur cette île. Trois d'entre eux tiennent assez à moi pour me prêter allégeance de leurs vies. Ils voudront vous aider, tes amies et toi.

— Et toi. Ils viendront pour toi, me rassura Noisette, mais je n'eus plus la force de répondre quand la porte s'ouvrit.

CHAPITRE 10

*L*a première chose que fit notre ravisseur fut de tirer la canne d'un coup hors de mes mains et de la casser en deux sur son genou. Elle se brisa comme un bâton ordinaire et le dernier de mes espoirs partit en tourbillonnant.

Il gifla Noisette quand elle cria et essaya de se battre.

— L'argent dont je suis payé n'est pas assez pour gérer ça. La prochaine perturbatrice, je la jetterai de la tour, grogna-t-il alors qu'il s'approchait de nous avec des chiffons et des cordes.

Utilisant sa grande force et corpulence, il expédia la tâche de lier nos mains et nos pieds, et nous bâillonna. Il couvrit nos têtes avec des sacs et nous porta en descendant la tourelle pour nous remettre aux Hommes Gris. Je m'affaissai et perdis conscience quand les créatures maléfiques posèrent leurs mains sur moi. Leur odeur nauséabonde magique ou malfaisante roula sur moi, ce qui m'entraîna vers les ténèbres.

Quand je me réveillai, Noisette et moi étions allongées ensemble sur des planches rugueuses qui rebondissaient sur une route. Nous étions transportées dans un chariot. Le bâillon s'était un peu desserré et je frottai ma bouche sur mon épaule pour le faire tomber, mais une fois qu'il fut parti, je n'eus rien à dire. Noisette se glissa près de moi, ses mains trouvant les miennes derrière mon dos. J'étais affaiblie, mais assez éveillée pour savoir quand ses doigts commencèrent à essayer de détacher mes liens.

Le chariot rebondit violemment sur une pierre et je heurtai ma tête sur les planches. Puis, tout devint noir.

* * *

DES DOIGTS FOUILLÈRENT pour trouver ma clavicule et je me détournai pour grimacer, tentant de lutter tout en regagnant conscience. Mon corps était vertical, attaché afin que je ne puisse rien bouger à part ma tête.

Un Homme Gris était en train d'essayer de défaire le torque autour de mon cou et siffla quand ses mains touchèrent l'argent. Je manquai presque de m'étouffer à cause de son souffle fétide sur mon visage. La puanteur de pourriture était plus proche. Je me demandai si les Hommes Gris étaient même en vie, ou des hommes longuement morts, dont les corps avaient été animés par l'affreuse magie du Roi Cadavre.

La chose continua d'agripper mon torque et à reculer comme si l'argent brûlait sa peau. Je me souviendrais de ça.

Cela nécessita trois Hommes Gris qui essayèrent successivement, mais ils retirèrent le collier et le jetèrent par terre. Je criai presque à la perte. Mon corps était affaibli, mais pas seulement de l'attaque des Hommes Gris, mais du manque de connexion avec mes puissants guerriers. Ils avaient été le tampon, me gardant en forme et suffisamment forte pour supporter mes visions. Pourquoi avais-je combattu la connexion si longtemps ? Pourquoi avais-je eu peur de mon propre pouvoir, et du leur ? Si j'avais accepté leur domination sur moi, je prospérerais toujours sous leurs bons soins.

— *Arne, Erik*, tentai-je sur le lien. *Aidez-moi.*

Il était probablement trop tard pour appeler à l'aide, mais je mourrais en sachant que j'avais fait tout ce que je pouvais pour rester leur compagne.

Les Hommes Gris nous avaient amenées, Noisette et moi, dans un endroit humide et faiblement éclairé. Quand j'essayai de tordre mon corps, les liens tinrent fermement. Les cordes m'attachaient à un poteau dans une grotte, à mi-chemin entre l'entrée remplie de toiles d'araignée et une grande pile de rochers conduisant au bloc de pierre que j'avais vu dans mes visions. Sur le cairn était posée une forme enveloppée dans un tissu funéraire, le voile vieillit avec l'âge.

L'endroit sentait comme s'il n'avait pas été ouvert en un millier d'années.

Les Hommes Gris se déplacèrent vers les ombres, ignorant leurs prisonnières.

La magie bougeait dans cet endroit, épaisse et écœurante, m'étouffant comme si un millier de sauterelles me recouvraient.

Avec mon crâne douloureux et ma peau grésillant de magie, j'accueillis la mort. Ce serait un soulagement.

Je souris presque, pensant à la façon dont Arne et Erik me crieraient dessus si j'abandonnais. Aujourd'hui encore, je percevais des échos de leurs voix dans ma tête, appelant mon nom, me disant de lutter.

Je me concentrai et entendis Noisette pleurer. Les Hommes Gris l'avaient attachée au même poteau, plaçant une corde autour de son cou. Ses pieds étaient aussi entravés et ses mains liées derrière elle, mais ce n'était pas la source de sa détresse.

— Qu'est-ce qui ne va pas ? grinçai-je.

— Sari. Elle est là.

La forme froissée de la fille disparue était posée au pied du bûcher funéraire en pierre. L'un des Hommes Gris saisit les bras du corps et le tira plus loin. Noisette pleura plus fort. La carcasse morte semblait ancienne et ratatinée, les joues creuses et le visage aussi gris que la silhouette la traînant. Sari avait été vidée de tout son sang et à présent, les Hommes Gris emmenaient le corps pour faire de la place aux nôtres.

— Quel est cet endroit ? demanda Noisette en tremblant, le bruit sonnant comme si elle essayait de retenir ses sanglots.

Je fus reconnaissante que ma camarade prisonnière eût une présence d'esprit et qu'elle luttât pour être courageuse.

— Que va-t-il advenir de nous ?

Arne m'avait parlé de l'emplacement où se reposait le roi malfaisant. Les Hommes Gris avaient dû nous conduire ici dans le chariot. Je léchai mes lèvres, tâchant d'amener un peu de salive dans ma bouche afin de pouvoir répondre.

— Ils vont le réanimer.

Ils utiliseraient mon sang et celui de Noisette. Éventuellement, le Roi Cadavre aurait assez de sang pour revivre et trouverait une abbaye remplie de femmes l'attendant pour se reproduire ou être sacrifiées à la recherche de plus de pouvoir. Tout ce que craignait la sorcière deviendrait vrai.

— *Yseult*, appelai-je. *Qu'importe la magie que tu as pour m'aider, j'en ai besoin maintenant.*

Le moment suivant, le morceau de bâton était dans ma main.

— Noisette, coassai-je en essayant de scier la corde qui me retenait.

Je me piquai à quelques reprises avec la canne scindée avant qu'elle ne s'aventure plus près.

— Là.

Elle le prit et trouva un moyen de couper les cordes. Les Hommes Gris ne bougeaient plus vers la tombe, bien que quelques-uns attendirent à côté du bûcher funéraire, fixant la figure momifiée de leurs yeux imperturbables. Ils ne firent pas attention à nous, même quand Noisette lâcha un petit cri d'exclamation triomphal alors que la dernière de ses attaches se rompit.

Elle pressa son corps proche du poteau, cachant ses mains libres alors qu'elle s'affairait à défaire mes liens.

— Non, protestai-je, car j'étais trop faible pour m'échapper. Va-t'en. Je vais les distraire. Prends le bâton et fuis.

— Fleur… commença-t-elle, mais elle se mordit la langue et des larmes remplirent ses yeux. Je ramènerai de l'aide.

— Pars, lui chuchotai-je, et une fois qu'elle se fut éclipsée dans l'ombre sur le côté de la grotte, je commençai à marmonner à voix basse.

— Erik, Arne, Gunnr… répétai-je encore et encore, ma voix devenant lentement plus forte.

Ma tête palpita d'une douleur intense. Deux des Hommes Gris se tenant devant la pile de pierres se tournèrent pour me regarder. Cette fois, les yeux vrillés ne m'affectèrent pas du tout.

— Erik, Arne, Gunnr, chantai-je telle une sorcière lors d'un rituel.

À l'extérieur, un son sifflant se leva, les Hommes Gris étaient en colère. Je fermai mes yeux, espérant que Noisette se fut enfuie. Mes lèvres continuèrent à articuler les prénoms de mes compagnons en silence.

— Stop.

J'ouvris mes yeux et un Homme Gris me pointait du doigt comme pour jeter un sort. Chuchotant encore les noms de mes compagnons, j'attendis la douleur, et… rien.

— Erik, Arne, Gunnr, hurlai-je plus haut.

L'Homme Gris siffla et davantage de créatures hideuses vinrent me détacher. Ils me traînèrent vers le cairn.

Je criai les prénoms de mes partenaires avec ce qui restait de mes forces.

— *Fleur ?*

Le soulagement m'envahit à la voix d'Arne.

— *Je suis là.*

Pour la première fois depuis que les Hommes Gris m'avaient prise, ma tête était claire.

— *Nous venons te chercher. Nous sommes assez proches pour t'entendre et te parler sur la connexion, nous serons à tes côtés dans peu de temps.*

L'énergie monta brusquement en moi alors que mes hommes déversaient leurs pouvoirs dans le lien. Ils me soutiendraient jusqu'à la fin.

— *Non, restez à l'écart. Ce n'est pas sûr,* répondis-je alors que des larmes me piquaient les yeux.

Les Hommes Gris m'amenèrent plus près de la silhouette enveloppée sur la dalle de pierre. Ma peau frissonna alors que je réalisai que le corps bougeait. Le Roi Cadavre revenait à la vie.

Mes pieds se traînèrent et je commençai à lutter.

— *Combien de fois devons-nous te dire que nous risquerions n'importe quel danger pour être à tes côtés ?*

— *Je suis en train de mourir,* les informai-je. *C'est la fin. Ne gâchez pas votre existence. Je peux périr seule.*

— *Petite fleur,* grogna une nouvelle voix dans ma tête, le son était à peine humain, mais distinct néanmoins. *Depuis que nous t'avons rencontrée, tu n'as pas été seule. Tu ne seras jamais seule.*

Les Hommes Gris me poussèrent plus près de leur ancien roi. À côté de la forme, il y avait un casque, un plastron et une épée.

Je luttai et libérai un bras, le tendant pour attraper l'arme.

— *Tiens bon, Fleur,* m'encouragea Arne. *Tu es forte. Tu as été une cible de ce mal toute ta vie.*

Sous mon bras nu, le corps lécha ses lèvres. Je fis un mouvement de recul, et un Homme Gris saisit mon épaule et me tira en arrière d'un coup sec. Il portait un couteau malfaisant qu'il voulut poser sur ma gorge.

— *Bats-toi !* hurla Erik, mais son cri se transforma plutôt en rugissement.

La rage des Berserkers alimenta mes membres. Me penchant sur la dalle de pierre, je m'enroulai et percutai la créature brandissant la dague. La force de mon coup brisant en deux mon attaquant. Son corps sec et avarié se brisa en morceaux que les autres Hommes Gris traînèrent au loin. Davantage de mains se tendirent vers moi, mais je grognai et continuai de frapper pour les repousser.

En dessous de moi, le Roi Cadavre bougea. Un bras se fixa autour de moi.

Je criai. La chose morte était trop forte. Il m'attira face à lui et les mains de ses serviteurs me saisirent et me tinrent. Je me battis comme une sauvage, mais dans ma lutte, je blessai ma main sur la côte de mail.

Avec la vitesse d'un remarquable serpent, la chose aux vêtements funéraires attrapa mon poignet et l'amena à ses lèvres.

La douleur s'étendit en moi alors qu'il but, ouvrant mon esprit au terrible lien.

— *Bonjour, ma femme.*

Nauséeuse et saignant abondement, je ne pus combattre. La créature continua à sucer mon poignet et sa connexion malfaisante se mit en place.

— *Sors de sa tête*, rugirent mes guerriers. *Elle est à nous.*

Le monstre fit un bond en arrière.

— *Le sang est avarié*, cracha-t-il.

— Arne, hurlai-je. Erik, Gunnr !

Je tendis la main et tins soudainement la deuxième partie du bâton d'Yseult.

Mon bras s'éleva dans mon dos et claqua vers l'avant pour planter le piquet aiguisé dans sa poitrine.

La chose saisit mon poignet, sa prise monstrueusement forte.

— *Nous arrivons, Fleur !*

J'arrachai mon bras de son emprise, mais le Roi Cadavre était trop puissant pour lutter. Agrippant encore la canne, je courus.

Les Hommes Gris tendirent les bras, essayant de m'attraper, mais le Roi Cadavre beugla, et tous ses serviteurs chancelèrent.

J'atteignis l'orée de la caverne, juste à temps pour être accueillie par un aigle doré géant chutant du ciel.

— *Fleur !*

— *Arne.*

Je trébuchai et les Hommes Gris commencèrent à se rapprocher de moi. Il y en avait des centaines errant devant la grotte.

— *Cours ! Je vais faire un passage,* dit Arne en faisant un piqué et plongeant, les griffes de l'aigle empoignant les créatures bloquant mon chemin.

Deux battements d'ailes et il gagna assez de hauteur pour larguer l'Homme Gris en difficulté sur ses compatriotes, utilisant un corps pour en éliminer trois de plus.

Je courus, esquivant les rochers, essayant d'éviter les Hommes Gris alors que je me dirigeais vers la limite des arbres. Mais elle sembla tellement loin. Rien ne poussait dans une vaste zone autour de cet endroit malfaisant.

Devant la grotte, les Hommes Gris affluèrent autour d'une grande pile d'épées et d'armes. Ils les soulevèrent, prêts à se battre. Une pluie de lances s'éleva vers le ciel, gardant Arne à distance. Je cherchai une issue, mais il y en avait trop, et les rangs se fermaient.

Un groupe d'entre eux m'accula contre un large rocher.

— Restez en arrière, hurlai-je d'une voix trop enrouée pour être entendue.

Je me balançai sur mes pieds.

Un loup surgit au travers de la ligne d'Hommes Gris. Ses grognements créèrent des frissons sur mes bras.

Gunnr combattit à mes côtés. Ses grandes dents déchirèrent les créatures.

— *Ils ont un goût horrible et sentent encore pire.*

Le loup fit une pause pour me faire un regard affligé.

— *Ce sont les serviteurs du Roi Cadavre, et pas beaucoup plus que des corps eux-mêmes,* expliqua Arne.

Erik rejoint ma forme, laissant une trace des parties désincarnées d'Hommes Gris dans son sillage. Il tenait une hache et portait seulement un pagne. Hurlant son cri de combat, il envoya son arme percuter les hommes morts animés en criant sa rage.

Gunnr se battit avec ses dents et ses griffes. Il attaqua les Hommes Gris et se cabra sur ses jambes arrière pour les chasser, mais il y en avait toujours d'autres pour prendre leurs places. Plus d'Hommes Gris ruisselèrent hors des bois jusqu'à l'embrasure de la grotte, nous faisant reculer contre le rocher.

— *Il y en a trop.*

J'empoignai mon morceau de canne et souhaitai qu'il se transformât en arme.

— *Nous y ferons face avec toi, Fleur. Jure-nous juste que tu ne nous quitteras pas à nouveau.*

— *Jamais,* promis-je.

Je me tins entourée par l'ennemi, le corps faible et les cheveux emmêlés de poussière et de toiles d'araignées, ma cape de fourrure et mes bottes sales et déchirées, empoignant un éclat de bâton sculpté. Mais j'étais avec mes amours et j'étais plus heureuse que je ne l'eusse jamais été.

— *Nous restons debout ensemble.*

— *Nous ne survivrons peut-être pas, mais nous en supprime-rons autant que nous pourrons et nous mourrons en essayant de tuer ce truc.*

— *Il a bu mon sang. J'ai tenté de lutter, mais je l'ai réveillé.*

— *Pas étonnant que les Hommes Gris te voulaient. Si tu es assez puissante pour ramener le Roi Cadavre à la vie, tu es assez forte pour le tuer.*

— *Nous nous interposerons avec toi. Ce sera un magnifique récit pour le barde.*

Le cercle d'Hommes Gris se resserra autour de nous et les hommes se préparèrent pour leur dernière bataille.

Un son étrange envoya des frissons le long de mes bras.

— *Qu'est-ce que c'est ?*

Il s'approcha, un grand bruit de hurlement, plus haut et plus fort qu'un vent de tempête.

— *Des loups ?*

— Des Berserkers, rectifia Erik en agitant sa tête, un sourire féroce sur son visage.

Il me tira pour m'approcher.

— *La meute est venue,* commenta Arne.

Les premières vagues de secousse frappèrent, les Hommes Gris éjectés dans les airs. Des parties de corps plurent sur leurs compatriotes.

Un Homme Gris fonça plus près de moi et Gunnr le cassa net.

— *Attendez,* dit Arne. *Ils inversent le cours de la bataille. Les Alphas mènent l'assaut.*

Les Hommes Gris nous entourant tournèrent leurs visages vers l'ennemi imminent. Ils étaient piégés, épinglés entre deux forces sauvages. Avec un subtil son sifflant, ils furent lacérés.

Mais davantage de serviteurs malfaisants coururent pour prendre leur place. Erik me releva sur un rocher et je vis la meute, rang sur rang de Berserkers, tous sous une forme monstrueuse. Ils déchirèrent les rangs d'Hommes Gris telle une lance fendant l'eau. Qu'importe la magie que possédaient les serviteurs du Roi Cadavre, cela les rendit imperméables à la peur. Mais les Hommes Gris ne pouvaient pas s'opposer aux guerriers mugissants, qui attaquèrent avec la férocité de loups affamés.

— Yseult a dit la vérité. Les Berserkers étaient faits pour combattre ce mal, déclara Erik.

— La meute, commençai-je en tirant sur son bras. Ils veulent vous tuer.

— Oui, confirma-t-il. Mais ils nous sauveront d'abord. Cours !

Les Hommes Gris défilèrent pour s'aligner devant la grotte, prêts à défendre le Roi Cadavre. Ils nous ignorèrent alors que nous nous précipitions à toute allure vers les arbres.

Un Berserker se cabra devant nous et Erik me poussa derrière lui. Le guerrier tatoué chargea, plaquant le monstre bavant. Avec une force sauvage, il envoya le Berserker adverse dans un nœud d'Hommes Gris et il commença à les combattre à la place.

— Fleur, part, cria Erik en désignant les bois avec des griffes aux bouts ensanglantés.

J'obéis, boitillant de fatigue jusqu'à ce que le loup noir se faufile devant moi.

— *Monte*, ordonna Gunnr.

Empoignant sa fourrure, je le fis et le chevauchai jusqu'à la forêt.

Derrière nous, davantage de Berserkers essayèrent d'attaquer Erik. Arne fit une descente en piqué et détourna leur attention, permettant à Erik de fuir.

— *Ils doivent combattre les Hommes Gris, pas nous*, pensai-je, frustrée.

Ma bouche était trop sèche pour parler.

— *Leurs bêtes ne connaissent rien excepté la bataille*, m'expliqua Gunnr. *Et plus que la victoire sur le mal qu'ils ne comprennent pas, ils veulent te posséder.*

J'agrippai sa fourrure plus fort alors qu'il fonçait dans la forêt.

Un grand fracas résonna derrière nous, mes oreilles se remplirent du bruit de rochers tombant.

— *La grotte s'est effondrée*, rapporta Arne.

De la poussière roula sur les créatures se battant.

— *Peut-être que le Roi Cadavre sera écrasé.*

Les guerriers ne dirent rien, mais le silence sombre qui suivit me donna ma réponse. Même Yseult ne savait pas ce qui tuerait le Roi Cadavre.

— *Les Alphas appellent tout le monde pour pister notre trace*, prévint Arne alors que Gunnr fuyait avec moi sur son dos.

Erik nous rattrapa dans un fourré.

— Je sais, dit-il en me soulevant. Je vais l'amener au camp.

— Elle a besoin de soins, lui dit Arne.

— Non, grinçai-je, la gorge sèche. Nous devons nous échapper.

— Chut, dit Erik en se baissant sous les épaisses branches de pin. Nous savons ce dont tu as besoin.

J'étudiai son visage alors qu'il courait sauvagement sur un chemin de sa propre confection. Il paraissait abattu et fatigué, mais ses yeux brûlèrent de doré.

— *Comment m'avez-vous trouvée ?*

— Tu ne nous as pas appelés au début, me réprimanda-t-il. Nous avons attendu et cherché la zone, quand Arne a réalisé que les Hommes Gris t'avaient prise nous avons su que tu pourrais apparaître au centre du mal qu'il sentait. Nous nous sommes dirigés vers là et nous y aurions été plus tôt si nous n'avions pas eu à échapper à la meute.

— *Je suis désolée.*

— C'est fini, fille. Et cela n'arrivera plus jamais.

Nous parvînmes à un ruisseau et le suivîmes jusqu'à une cascade.

— Voilà, dit-il.

Il me conduisit directement à la rive. Il mit de l'eau dans le creux de ses mains et l'amena à mes lèvres.

— Bois.

J'aspirai tout ce que je pus et il répéta l'action deux fois avant que je ne puisse parler.

Quand il apporta de l'eau à mes lèvres une troisième fois, je secouai ma tête.

— Plus, insista-t-il. Tu ressembles à la mort. Tu as survécu au combat.

— *Je pensais avoir vu ma mort, mais c'était le Roi Cadavre.*

— Tu as bien failli périr, me rappela-t-il. Mais tu es à nouveau en sécurité. Bois plus pour moi et je vais faire un feu pour faire du bouillon. Je te laverai bientôt.

— Il n'y a pas le temps, protestai-je. Vous devez vous échapper.

— Nous ne te laissons pas et tu ne nous quittes pas, même si je dois de nouveau t'attacher, déclara Erik en m'emportant jusqu'au sac de couchage après que j'ai bu ma ration.

— Erik...

Il souleva la corde par menace et je m'affaissai en arrière.

— Non, je vais bien me comporter.

— Bonne fille.

Il me tendit une outre d'hydromel.

— Bois un peu de ça, doucement. Arne et Gunnr sont en train d'explorer, nous protégeant. Ils essaieront de tromper la meute.

Alors que je bus à petites gorgées, il construisit un petit feu et fit chauffer l'eau.

Je clignai des yeux, éveillée quand il tamponna un tissu chaud sur mon visage.

— On n'a pas pris soin de toi.

Il me lava avec attention et étala de l'huile sur mes lèvres fendues.

Je lui racontai mon séjour loin d'eux.

— Il y a une fille, Noisette. Les Hommes Gris l'ont amenée avec moi depuis l'abbaye. Elle s'est enfuie pour localiser de l'aide.

— La meute la trouvera.

— Elle aura peur.

— Elle apprendra qu'il n'y a rien à craindre.

À la tendresse dans sa voix, je me penchai dans sa paume.

— Je suis désolée d'avoir fui, lui dis-je.

— Tu es en sécurité à présent, dit-il en caressant mes cheveux. Nous veillerons sur toi.

Des nuages de tonnerre se regroupèrent en haut. La foudre et l'orage grondant à distance, venant de l'endroit que nous venions tout juste de quitter. Les arbres se balancèrent dans le vent.

— Il y a un mal dans l'air. Le Roi Cadavre est vivant et il rassemblera ses forces pour regagner de la puissance. Cet endroit est dangereux. Nous te sortirons de là.

— Non, nous le ferons.

Je m'étonnai à la voix étrange.

Un des Alphas émergea des arbres. Erik se leva, mais tint avec les mains sur ses flancs.

— *Erik, cours,* criai-je.

— Non, Fleur. Reste calme.

Affolée, je regardai partout, mais nous étions encerclés.

CHAPITRE 11

— *A*ttrapez-le, grogna l'Alpha.

— Non.

Mes hurlements furent perdus dans les grognements en réponse des autres Berserkers.

Deux guerriers s'emparèrent d'Erik.

— Stop, m'exclamai-je en saisissant un bout du bâton d'Yseult et en me poussant sur mes pieds.

Un Berserker tendit le bras vers moi et je reculai, prête à le poignarder.

Un aigle cria et atterrit près, se transformant en Arne.

— Ne la touchez pas, hurla-t-il avant que les Berserkers ne l'assaillent.

— Est-ce que ça va, Fleur ? demanda l'Alpha.

— Écoutez-moi, dis-je. Ces hommes sont mes compagnons. Vous ne pouvez pas les tuer.

— Ils ont pris ce qui n'était pas à eux. Nous aurons une audience et tu seras autorisée à parler.

— *Reste calme, Fleur. Nous avons un plan.*

— Tu as notre parole, Alpha, dit Erik tout haut. Nous ne

fuirons pas. Mais, Fleur a besoin de partir de cet endroit malfaisant.

Après quelques délibérations, les Alphas firent une civière pour moi et me portèrent eux-mêmes. Mes compagnons disparurent, entourés par le reste de la meute.

Gunnr s'était éclipsé. Arne pouvait se libérer et devenir un aigle, mais qu'en était-il d'Erik ?

— *Plus de fuite*, dit Arne.

— Vas-tu bien, Fleur ? demanda l'un des Alphas unis à Brenna. Est-ce que les guerriers véreux t'ont fait du mal ?

— Ils ont pris soin de moi. Ils m'ont aimée. Ils n'ont rien fait de mal.

— Tu ne sembles pas aller bien, commenta-t-il en fronçant les sourcils.

Me balançant sur le brancard, j'expliquai aux Alphas tout ce que je savais sur le Roi Cadavre, les Hommes Gris et mon expérience dans la tombe.

— *Assez de parlotes*, me réprimanda Arne. *Tu as besoin de repos.*

— *Je ne les laisserai pas vous tuer.*

— *Tu leur as donné beaucoup à réfléchir. Laisse-les délibérer pendant que tu dors et récupères tes forces.*

Je fermai mes yeux, bercée par la voix de mon compagnon. Les Alphas accélérèrent le rythme en courant alors qu'un étrange hurlement retentit dans les arbres, une voix colérique nous punissant de la priver de sa proie.

* * *

Je me réveillai dans la hutte, entourée de mes sœurs.

— Fleur, crièrent Sabine et Muriel.

— Où sont Arne et Erik ? questionnai-je aussitôt que j'eus assez bu pour humidifier ma gorge, car j'avais essayé de les joindre via le lien et n'avais pas eu de réponse.

À ma connaissance, Gunnr s'était échappé et restait à l'écart.

Sabine pressa ses lèvres ensemble.

— J'ai besoin de les voir.

Je me levai, ignorant les protestations de mes sœurs. Je sortis en courant de la cabane, m'arrêtant à la vue de deux gardes robustes.

— Où sont mes compagnons ? demandai-je, ne me sentant plus concernée si la horde me punissait pour insolence.

— Les traites sont surveillées. Ils sont en train d'être châtiés, grogna l'un d'entre eux.

— Reviens, Fleur.

Sabine enveloppa ses bras autour de moi. Chancelant sur mes faibles membres, je la laissai m'aider à rentrer à l'intérieur.

— Je veux les voir. Sont-ils blessés ?

— Les Berserkers guérissent vite. Ils ont simplement un peu mal, indiqua Muriel.

— Ce n'est pas juste.

— Viens, mange et bois. Nous avons de l'eau pour que tu te baignes.

Aussitôt que j'eus renouvelé ma force, je m'habillai de vêtements propres avec la cape de fourrure et les bottes. Je trouvai une plume d'aigle abîmée sur le sol et la mis dans mes cheveux. Ainsi parée, je refusai de manger ou boire jusqu'à ce que je voie mes hommes.

Les compagnons de Muriel m'escortèrent jusqu'aux Alphas.

L'air était encore frais comme si la mi-été avait fui devant le pouvoir du Roi Cadavre.

L'un des Alphas en couple avec Brenna était assis, présidant l'assemblée. Viking blond et baraqué, il était considéré comme le plus sage des Berserkers.

Je me dirigeai directement vers lui.

— Vous devez libérer mes compagnons. Vous ne pouvez pas nous séparer. Je périrai sans eux.

— Tu es presque morte avec eux, marmonna un deuxième Alpha.

— Explique, Fleur, appela le blond.

— Nous sommes liés. C'est de cette manière qu'ils m'ont trouvée quand les serviteurs du Roi Cadavre m'ont enlevée.

— Et comment le Roi Cadavre est-il parvenu à te posséder en premier lieu ?

— J'ai été stupide et je suis partie. Je ne m'éloignerai plus à nouveau.

Les Alphas échangèrent des coups d'œil.

— Vous avez dit que je pouvais choisir.

Mes poings se serrèrent sur mes flancs pour m'empêcher de tous les fustiger.

— Je les choisis eux.

— Fleur, soupira l'Alpha. Ces guerriers sont instables. Nous craignions qu'ils t'enlèvent et ils l'ont fait.

— Je leur appartiens, chuchotai-je.

— La meute a besoin d'une preuve du lien.

— *Que peut-on donner comme preuve ?*

Je joignis mes partenaires, mais n'entendis rien. La panique avait dû traverser mon visage, car l'Alpha se pencha en avant.

— Je suis désolée, Fleur...

— Vous ne pouvez pas m'éloigner d'eux, hurlai-je.

Samuel fit un geste et un autre Alpha commença à me maintenir en place.

— Stop, résonna une voix. Vous ne la toucherez pas.

L'Alpha fronça les sourcils, mais recula.

— *Fleur, sois tranquille. Je suis là.*

Je m'immobilisai à la voix, étrangement familière. Un homme à la chevelure noire passa à travers la foule de guerriers. Ses cheveux et sa barbe étaient longs et hirsutes, et il portait qu'une peau sur ses épaules et un pagne autour de sa taille.

— Qui est-ce ? demanda Samuel en se redressant.

— Je ne le reconnais pas, murmura une autre Alpha.

— Ni moi, dit le compagnon de Muriel.

Je commençai à avancer avec enthousiasme et les guerriers autour de moi s'écartèrent, bien qu'ils bloquassent encore le passage de l'étrange loup.

— S'il vous plait, implorai-je en brandissant ma main vers mon compagnon. Laissez-le passer.

L'Alpha blond fit un geste et les loups retirèrent leurs armes.

Gunnr se fraya un chemin en avant et je tendis les bras vers lui. Il me souleva dans ses bras et je sus que j'avais ressenti cette étreinte auparavant, pourtant uniquement dans mes rêves.

— Je reconnais ton visage, chuchotai-je. J'ai rêvé de toi.

— Et moi de toi, prononça Gunnr en pressant son front contre le mien. Ne sois pas consternée, petite fleur. Tous tes partenaires reviendront à toi.

— Qui es-tu ? demanda l'Alpha et Gunnr se tourna vers lui.

— Moi qui fus un jour un loup. Je suis un homme.

— Vous avez dit que je pouvais choisir, répétai-je. J'opte pour Gunnr, Arne et Erik.

— Le lien fonctionne, dit le compagnon de Muriel. Ces trois frères guerriers sont stables.

— La meute ne pensera pas ça juste, marmonna un Alpha différent.

— La horde sera trop occupée à sauver du Roi Cadavre une abbaye remplie de femmes-spae, déclara Gunnr.

— Quoi ? s'exclamèrent plusieurs guerriers en même temps. Il y a d'autres femmes-spae ? Alpha, est-ce vrai ?

— Nous avons envoyé des éclaireurs, mais n'avons pas encore parlé de cette possibilité à la bande, soupira Samuel.

Un guerrier robuste avança plus près du trône de l'Alpha blond.

— S'il y a des femmes pour nous, nous voulons le savoir.

— En particulier si elles sont menacées par ce mal, ajouta un autre.

— Missionne-nous pour les secourir, Alpha, grogna un troisième. Nous sommes prêts.

— Assez, dit Samuel en levant sa main. Je suis prêt à envoyer la meute sauver ces femmes de leur destin. Rolf, Leif, Brokk, vous mènerez l'assaut, s'adressa-t-il aux trois guerriers l'accaparant de questions.

Il raconta le passé du Roi Cadavre aux guerriers rassemblés et l'horrible source de son pouvoir.

— Il a mandaté ses serviteurs de partout pour regrouper des femmes en préparation de son retour. C'est la raison pour laquelle ils ont tourmenté Fleur et ses sœurs. Ils les auraient probablement enlevées si elle n'avait pas résisté si longtemps.

— Alors c'est vrai ? questionna Rolf. Il y a une abbaye entière remplie de femmes qui pourraient être de compagnes de Berserkers ?

— C'est vrai, confirmai-je. J'étais là. Mon amie Noisette vous le confirmera, une fois qu'elle sera repérée.

— Noisette ? rigola tout haut Leif. C'est le nom du petit lapin que Knut a trouvé s'enfuyant de la grotte.

— Une jeune fille avec un bout du bâton de la sorcière, est-ce ton amie ? demanda Samuel en me regardant.

— Oui, dis-je. Est-elle en sécurité ?

Les guerriers semblèrent tous amusés.

— Elle l'est, dit Leif. Knut pourrait ne pas l'être avec toutes les difficultés qu'elle lui donne. Elle a essayé de le poignarder plusieurs fois.

— Elle se calmera si elle me voit, dis-je. Je lui dirai de ne pas lutter tant.

— La lutte représente la moitié du plaisir.

Un des Alphas eut un sourire suffisant et donna un petit coup de coude à sa compagne Sabine, qui le frappa.

Gunnr me fit un sourire silencieux.

— Si toutes les femmes à l'abbaye sont comme elle, il y aura de nombreuses promises dignes des Berserkers, médita Samuel. La meute entière pourrait être liée d'ici le solstice d'hiver.

— Vous devez rapidement bouger, dit Gunnr. Les Hommes Gris viendront bientôt pour ces femmes.

Chaque guerrier dans la clairière se redressa. Plusieurs mirent les mains sur leurs armes.

— Très bien, acquiesça Samuel et il fit un signe à Rolf, Leif et Brokk. Planifions le sauvetage. Amenez Noisette et nous la consulterons pour savoir quelle est la meilleure stratégie pour attaquer.

— Alpha, dit doucement Gunnr.

— Oui, sourit Samuel et il se tourna vers moi. Fleur, ta bravoure t'a fait gagner tes compagnons. Gunnr, emmène-la à la maison.

Gunnr ne perdit pas de temps à me porter en descendant la montagne jusqu'à la hutte.

— Où sont Arne et Erik ? demandai-je.

— Ils viennent. La meute les a emmenés très loin, au-delà de là où le lien te permet de leur parler.

— Pourquoi ?

— Ils sont punis comme règlement de nos péchés.

— Quoi ?

— Ne t'inquiète pas, Fleur. Ils vont bien, et reviennent vers nous en ce moment même.

Il marcha plus vite à grandes enjambées quand la cabane fut en vue.

— En attendant, il y a quelque chose que je souhaite faire.

Il revendiqua ma bouche alors même qu'il frappait la porte pour l'ouvrir. Mes sœurs avaient laissé l'endroit décoré de fleurs pour mon retour. Du bois parfumé brûlait dans le foyer.

Gunnr alla directement vers le lit et me déposa.

— Gunnr, haletai-je alors que sa bouche s'aventurait plus bas. Ne devrions-nous pas attendre les autres ?

— Non, dit-il et il embrassa rapidement l'écart de peau entre ma mâchoire et mes seins.

J'arrêtai bientôt de me plaindre. Mon corps se tortillait sous lui, prêt.

— Vite, vite, dis-je en éloignant son pagne et saisissant sa chaude longueur en main.

— Doucement, s'écria-t-il. Je dois être tendre.

— Non, grognai-je, fauchant sa bite d'une main pendant que l'autre bataillait avec mes jupes.

Gunnr prit mes deux poignets et les mit fermement sur le lit à côté de mes épaules.

— J'ai attendu ça toute ma vie, me dit-il. Nous allons à mon rythme.

— Gunnr, dis-je alors que mon cœur se tordait.

— Laisse-moi te regarder, me dit-il en se reculant.

Je l'étudiai comme il m'examinait. Il y avait une cicatrice sur son visage, juste là où il y avait la tache blanche de four-rure sur le museau de son loup.

Il écarta mes jambes avec une lenteur exaspérante. J'étais tellement prête pour lui, du miel coulait de mon centre.

Il me couvrit avec son corps.

— S'il te plait, suppliai-je avec mes jambes enveloppées autour de ses hanches. J'ai besoin de toi.

De la sueur perla sur son front alors qu'il sombrait lentement en moi.

— C'est trop. Je ne peux pas aller doucement, s'exclama-t-il.

— Je ne veux pas que tu le fasses, lui indiquai-je, et alors qu'il bougeait de plus en plus vite, je me cabrai et le mordis.

Je goûtai du sang sur mes lèvres.

— Petite louve, sourit-il.

Enveloppant mes cheveux autour de l'une de ses mains, il tira ma tête en arrière. Se baissant, il plongea ses crocs dans ma gorge.

Du plaisir chaud me traversa. Je haletai pendant mon orgasme, seulement pour réaliser qu'il avait eu le sien.

— Encore ?

— Mes frères d'armes attendent dehors, gloussa-t-il. Ils voulaient que nous soyons ensemble. Es-tu prête à nous prendre tous ?

Je rentrai mes mains dans ses cheveux comme je le ferais dans sa fourrure.

— Oui, affirmai-je en l'embrassant.

Arne et Erik vinrent de chaque côté, déjà nus. Qu'importe les blessures qu'ils avaient endurées, elles avaient déjà guéri. Mon propre corps se sentait chargé et prêt, la puissance de mes compagnons Berserkers se répandant en moi.

Gunnr me positionna pour que je l'enfourche. Ses grandes mains ne quittèrent jamais mon corps, comme s'il était réticent à arrêter de me toucher.

Arne s'agenouilla sur le lit et ajouta ses caresses apaisantes sur mon dos, puis me poussa en bas. Erik pressa mes fesses avant de déverser de l'huile dans la fente de mon cul. Ses doigts effleurèrent mon pli de derrière et se faufilèrent à l'intérieur.

— Serré, souffla Erik. Elle n'est pas prête.

Je lui grognai dessus.

— Tu seras chanceuse si nous ne te faisons pas porter le plug jour et nuit, jusqu'à ce que tu te souviennes d'obéir.

— Tu t'es enfuie de nous, dit-il en palpant mes fesses et en pressant fort pour m'avertir. Tu seras punie.

— Pas maintenant, précisa Arne. Quand tu auras regagné ta force.

— Peut-être qu'elle n'est pas assez puissante pour coucher avec nous tous tout de suite, dit Gunnr.

— Non, dis-je en me tordant, saisissant à la fois les bras d'Arne et d'Erik, tout en appuyant mon poids sur Gunnr en dessous de moi. S'il vous plait, prenez-moi, mes amours. Mes compagnons.

— Très bien, dit Erik d'une note taquine, venant s'agenouiller sur le lit de l'autre côté de moi.

Sa bite ressortait de ses hanches allongées, s'agitant de façon séduisante.

— Mais seulement si tu es très, très sage.

— Je le serai, je le promets.

— Suce-le, ordonna Arne d'un ton sévère en me dirigeant d'une main sur mon dos.

Je me penchai et pris la tige d'Erik dans ma bouche, la léchant et le goûtant autant que je le pus.

— Maintenant lui, commanda Erik.

Avec les mains dans mes cheveux, les guerriers me guidèrent d'une bite à une autre pendant que mes hanches se balançaient, glissant mon centre avide sur le corps ferme de Gunnr.

— Assez, dit Gunnr en roulant pour que je sois de nouveau sous lui.

Sans avertissement, il m'empala sur sa tige encore dure.

Arne et Erik s'agenouillèrent plus près afin qu'ils puissent peloter un sein chacun, alors que je prenais leurs bites en main. Je tirai d'un coup sec sur leurs énormes membres quand Gunnr gicla en moi. La cabane se remplit de l'odeur épaisse de notre excitation. Le berceau de mes hanches se serra, conduisant la queue de Gunnr plus loin en moi.

Mon orgasme se brisa sur moi à nouveau quand ils m'éclaboussèrent de leurs semences.

CHAPITRE 12

*P*endant deux jours, une étrange tempête se développa au-dessus du centre de l'île. Les éclaireurs de la horde rapportèrent qu'elle se concentrait au-dessus du repaire du Roi Cadavre. La horde entière se prépara pour un autre combat, mais nous laissa seuls tous les quatre. Arne et Erik ne firent pas mention de ce que la meute avait fait pour les châtier, mais apparemment leur souffrance avait été assez grande pour qu'ils ne se connectent pas avec moi par peur que la douleur se répande au travers du lien.

— La loi de la horde doit être satisfaite. N'importe quel loup qui sort des limites s'ouvre à la punition ou au bannissement, me raconta Gunnr. Nous savions ça quand nous t'avons prise.

— Seras-tu puni ? lui demandai-je.

— Non, dit-il. Être un loup aussi longtemps que je l'ai été est un châtiment suffisant.

J'avais dormi toutes les nuits dans ses bras. Mes compagnons prenaient soin de moi comme ils l'avaient fait auparavant et je prospérai.

Noisette vint me rendre visite. Elle avait été secourue des

Hommes Gris et revendiquée par un grand guerrier blond nommé Knut. D'après la façon dont elle et le géant Berserker se contemplaient, je sus qu'ils s'étaient accouplés.

— Fleur, je suis si contente de te voir. Ils m'ont informée que tu avais été sauvée. J'ai rencontré tes sœurs, dit-elle dans la précipitation et elle me serra fort dans ses bras. Je n'étais pas sûre que tu survivrais, chuchota-t-elle dans mon oreille.

— Je ne le savais pas non plus, lui confiai-je. Mais mes compagnons n'ont jamais arrêté de me chercher.

— Tu sembles aller beaucoup, beaucoup mieux.

— Nous tenons à elle, grogna Arne.

— Nous ne la laisserons pas fuir une nouvelle fois, dit Erik en tirant ma natte.

— Bien, dit Noisette et elle inclina à nouveau sa tête proche de la mienne. Je ne sais pas comment tu gères trois compagnons. Je trouve ça dur avec seulement un.

Elle recula et croisa mon regard de façon hésitante, et je pris la décision qu'une nuit, je renverrai tous mes hommes de la hutte et j'inviterai mes sœurs ainsi que Noisette pour troquer des secrets sur la manière de supporter nos grands partenaires.

— Difficile, mais gratifiant, déclara Knut rôdant près de Noisette, caressant ses épaules avec de larges mains marquées par le combat.

Elle leva la tête vers lui et sourit, couvrant ses mains des siennes et je sus qu'elle irait bien.

— Les Alphas ont décidé de sauver les femmes dans l'abbaye, m'informa Arne une fois que Noisette et son compagnon furent partis. En ce moment même, la majorité de la horde se prépare pour les femmes-spae. Les Berserkers sont impatients de revendiquer leurs conjointes.

— Les femmes auront besoin de temps pour s'ajuster à la vie de la meute. Elles vont être effrayées.

— Nous n'avons aucun doute que tes sœurs et toi vous

précipiterez pour les accueillir et dissiper leurs peurs, dit Arne. Mais les choses feront leur chemin.

J'espérai que les Berserkers ne feraient pas irruption dans l'abbaye, enlevant toutes les femmes de la même façon que mes compagnons l'avaient fait avec moi, mais qu'elles seraient d'accord.

— Tu te sens beaucoup mieux, n'est-ce pas, Fleur ? demanda Erik, en tirant une nouvelle fois sur ma natte.

— Oui.

Je fronçai les sourcils et me décalai sur mon cul avec le plug. Erik avait insisté pour insérer le bulbe en bois ce matin. Je ne pouvais ignorer la sensation d'étirement et de plénitude. S'asseoir était assez dur, mais marcher était pire, je me sentais comme si je me dandinais. Quand les hommes me contemplaient, je rougissais.

— Nous avons décidé que tu vas assez bien pour ta punition, sourit Erik en me regardant.

— Oh non, dis-je avant d'essayer de m'enfuir, mais des bras tatoués me raflèrent directement.

Il me tint pendant qu'Arne et Gunnr m'attachaient rapidement.

Je finis le visage vers le bas, les bras écartés au-dessus de ma tête. Ils nouèrent mes mollets à mes cuisses comme ils l'avaient fait quand ils avaient fait de moi leur petit animal de compagnie.

Je grognai dans les fourrures et l'un d'entre eux frappa mon cul, puis il caressa mes lèvres inférieures. Une gifle, une caresse, une gifle, une caresse, jusqu'à ce que je halète.

— Sais-tu pourquoi nous te punissons de cette façon ? demanda Erik en tapotant le plug et je gémis. Parce qu'avec un cul irrité et avec un plug, tu ne peux pas oublier à qui tu appartiens.

Je soufflai et Erik me fessa une fois de plus, puis partit pour que Gunnr puisse prendre sa place.

— À mon tour de te châtier, me dit Gunnr.

Il joua avec le plug, poussant et le décalant dans mon cul jusqu'à ce que mon visage brûle et que ma chatte coule.

— S'il te plait, suppliai-je.

— Je ne t'ai même pas touchée.

— Elle est mouillée d'embarras, rapporta Erik.

— Voilà, Fleur, dit Arne en s'agenouillant devant moi, avec une bague en argent dans ses mains. Ce torque se verrouillera autour de ton cou. Il ne peut pas être retiré sauf avec nos mains.

Il le mit en place.

— À présent, nous pouvons t'attacher en laisse et te mener devant la meute entière, taquina Erik.

— Vous n'oseriez pas, gémis-je.

Gunnr répondit pour lui, giflant l'une de mes fesses et puis l'autre. Il me punit jusqu'à ce que je me tortille, et il massa pour faire partir la piqûre.

— Bonne fille, murmura-t-il. Maintenant, voici ton réel châtiment.

Un bruit sec et une douleur plus aiguë piquèrent mon derrière, comme la rapide piqûre d'une guêpe. Je criai et plongeai en avant dans les peaux.

— Oh non, s'exclama Arne en me retournant et tenant mon torse.

Erik attacha mes jambes écartées.

Je testai les liens, mes jambes étaient sous pression alors que Gunnr s'approchait en tenant le long bâton muni d'une lanière de cuir à son bout.

Il le claqua à nouveau sur l'intérieur de ma cuisse droite et fronça les sourcils.

— Cela laisse une trace, dit-il parce que le lambeau de cuir laissait une petite plaque rouge sur l'intérieur sensible de ma cuisse.

— Je n'aime pas ça.

— Moi si, dit Erik. J'aime voir nos empreintes sur elle. Ça et le plug, lui fait sentir qu'elle est possédée, n'est-ce pas, Fleur ?

Saisissant l'instrument, le guerrier tatoué fessa mon autre cuisse.

Je tressaillis.

— Je t'ai dit, je n'aime pas laisser des marques, protesta Gunnr en l'attrapant de ses mains.

— Cela va disparaitre, dit Arne.

— S'il vous plait, ça suffit, dis-je.

— Tu as été très vilaine, Fleur, dit Erik en remuant un doigt dans ma direction. Tu le mérites.

— Nous devons la punir, dit Arne à Gunnr. La bête en a besoin.

Gunnr joua avec la petite pièce de cuir au bout de la baguette.

— Tu as un choix, Fleur. J'utiliserai ça pour te marquer jusqu'à ce que tu comprennes ta place, ou alors nous pouvons te garder attachée comme ceci et jouer avec toi tel un animal de compagnie, dit-il en maniant la cravache pour indiquer mes jambes liées. Tu ne recevras aucun plaisir.

Ma chatte palpitait malgré, ou à cause de la douleur.

— Punissez-moi avec ça, dis-je. Je peux le supporter.

— Bonne fille, dit Erik en frottant ses mains ensemble. Permettez-moi.

Gunnr donna la baguette à contrecœur. Erik la plaça sur ma fente suintante.

Je ravalai un souffle.

— *S'il te plait, sois gentil.*

— Il le sera, grogna Arne sous moi. Nous ne te ferons jamais vraiment de mal.

Le cuir plana au-dessus de mon centre.

— Respire, Fleur, sermonna Erik et attendit jusqu'à ce que je le fasse.

Puis, il utilisa l'extrémité du cuir pour frotter mes plis.

Je soupirai.

— Tu comprends ? Nous pouvons te donner de la douleur ou du plaisir. Ou les deux.

Il tapota la cravache sur ma chatte, les contacts grandissant en force et en intensité.

— Vois-tu ? demanda Erik à Gunnr.

— Oui, je vois à présent, dit Gunnr en reprenant l'outil. De profondes inspirations, Fleur.

Il claqua la baguette plus rapidement sur mes lèvres inférieures, les teintant de rouge et les rendant bouffies. De la chaleur forma une flaque à mon centre, me rendant désespérée d'avoir davantage de stimulations, même la morsure de la cravache. Je gémis, geignis et balançai mes hanches autant que je pouvais.

— Tu ne nous désobéiras pas à nouveau, dit Arne, roulant un téton entre ses doigts.

— Non, non, accordai-je.

Gunnr frappa la baguette sur les lèvres gonflées de ma chatte. Mon corps entier fit un mouvement brusque et un plaisir douloureux spirala en moi. Je m'écriai.

— Était-ce un bon cri ou un mauvais ? questionna Gunnr.

— Bon, c'était très bon, dit Erik s'accroupissant près de moi. Vois-tu la façon dont sa chatte fait de la crème ?

Son doigt plongea dans mon trou glissant avant d'amener celui-ci à sa bouche et de le nettoyer en le léchant.

— Je ne veux pas lui faire mal, hésita Gunnr.

— C'est de la bonne douleur, dit Arne. Cela lui apprend que son corps nous appartient. Elle est nôtre et entièrement sous nos soins.

Erik caressa mes tendres plis.

— Une telle chaleur, dit-il alors que je pleurnichais, ma moitié supérieure se tortillant contre la poitrine massive d'Arne. Son corps nous supplie de lui faire ressentir cette douleur.

— Tiens-la ouverte, suggéra Gunnr. Je souhaite tenter quelque chose.

— Non, m'exclamai-je en essayant de réunir mes jambes, mais les cordes tinrent bon.

— Sois tranquille, grogna Arne dans mon oreille. Sois une bonne fille.

Erik utilisa deux doigts pour écarter mes lèvres inférieures.

— Juste le bon contact, réfléchit Gunnr. Pas trop sévère, mais pas trop gentil non plus.

Il tapota la cravache directement sur ma petite bosse sensible.

Je rejetai ma tête en arrière et m'exclamai. Un plaisir douloureux ébranla mon corps entier. Des étincelles explosèrent derrière mes yeux.

— Encore, je pense, dit Gunnr et Erik fut d'accord.

Il tapota la baguette deux fois, légèrement, avant de la claquer sur mon bourgeon de plaisir exposé. Je m'exclamai alors que la piqûre aiguë cascada jusqu'à l'extase.

— Maintenant, indiqua Arne.

Il me souleva et me tourna. Je m'écriai une nouvelle fois alors qu'il poussait dans mon corps affamé. Les deux autres guerriers me maintinrent, mais je griffai les épaules musclées d'Arne.

— Plus, j'ai besoin que vous...

— Patience, petite fleur.

Gunnr vint au niveau de ma tête, caressant mes cheveux vers l'arrière et taquinant mes lèvres avec son pouce pendant qu'Erik retirait le plug.

Des mains puissantes me supportèrent alors qu'Erik se relâchait dans mon cul. Mes organes ondulèrent, des vagues de plaisir s'écrasant dans mon corps surexcité.

Gunnr saisit mon menton et me nourrit de sa bite. J'aspirai comme si ma vie en dépendait, désespérée de partager la sensation étouffante.

— *Nous le sentons. Nous sommes avec toi*, me rappela Gunnr. *Nous sommes un.*

Erik et Arne commencèrent à bouger, poussant et tirant. Des éclats surgirent derrière mes yeux, comme des étoiles filantes, alors que j'orgasmai encore et encore. Il n'y avait aucune barrière entre nous. J'ouvris mon esprit et laissai mes sensations intenses s'écouler vers mes hommes, les amenant jusqu'au point de rupture.

Je chantai leurs noms alors qu'ils accéléraient leurs poussées. Erik, Arne, Gunnr…

— *Mienne*, gronda Erik sur le lien.

— *Mienne*, fit écho Gunnr.

— *Nôtre*, grogna Arne.

L'extase grésilla dans mon esprit, excluant toute pensée. Elle se répandit sur la connexion, faisant hurler les guerriers et déverser leur plaisir dans mon corps enthousiaste. Je pris chaque goutte de leur semence, car j'étais leur compagne et j'étais forte, assez puissante pour me lier à trois hommes, pour les sauver et pour les compléter.

Et nous étions un.

ÉPILOGUE

L'abbaye était installée sur le bord d'une lente courbe sur la route du village. Une jeune femme marchait sur le chemin, le soleil haut dans le ciel brunissant ses cheveux. Quelque chose bougea dans l'ombre des bois, et avec un regard craintif, elle détala jusqu'à la grande porte reliée en fer, et disparut à l'intérieur.

Plus profondément dans la forêt, des rangs et des rangs de guerriers se tenaient en attente et observaient.

— C'est l'endroit où les femmes sont gardées ? demanda l'un à l'éclaireur.

— Ça l'est, répondit le guide. Et ce soir, nous les prendrons.

UN EXTRAIT DE CAPTURÉE PAR LES BERSERKERS

Capturée par les Berserkers
Une romance de métamorphe de style ménage
Par Lee Savino

* * *

Elle sera notre prisonnière. Pour toujours.

Elle sera nôtre pour toujours…

Il y a bien longtemps, une sorcière nous a transformés en monstres. Notre seul espoir est d'attendre une femme qui pourrait enlever la malédiction.

Après un siècle, nous l'avons trouvé. Saule. *Notre miracle.* Elle est cachée à l'écart dans une abbaye remplie d'orphelines, pendant que des hommes malfaisants conspirent pour la vendre comme femme.

Nous la ferons s'évader. Nous la libérerons. Mais alors, elle sera NOTRE prisonnière jusqu'à ce qu'elle réalise que nous sommes destinés à être ensemble.

*Note de l'auteure : C'est une romance de type ménage HFH. Il n'y a pas de scènes H/H, juste DEUX guerriers canons et dominants qui revendiquent la même femme...

Capturée par les Berserkers

* * *

Saule :

L'abbaye était installée sur l'arête d'une route courbée. Je suivis le chemin, en me hâtant pour être sûre d'atteindre ses grandes portes en chêne avant que la cloche ne sonne pour les prières du soir. Quand le moine m'envoyait pour une course au village, il me donnait de sévères avertissements pour revenir avant le coucher du soleil. Ce soir, je ne me dépêchai pas pour échapper à sa punition, mais pour fuir la lune presque pleine. Je devais être bien cachée à l'écart avant qu'elle ne se lève et amène la maladie sur moi.

Perdue dans mes pensées, je m'étonnai quand une ombre croisa mon chemin.

— Bonsoir, dit une voix grave et chaleureuse, et juste dans mon dos.

Je laissai sortir un cri perçant et fis tomber mon panier.

Deux grands hommes se trouvaient au bord du sentier. Des guerriers, bien qu'ils ne portassent aucune arme que je pus voir. Ils étaient tous les deux massifs, avec de larges épaules et d'épais bras musclés, mais d'une certaine manière, je ne les avais pas remarqués à se tenir debout là jusqu'à ce qu'ils parlent. Même maintenant, ils semblaient se fondre dans la forêt mouchetée de soleil alors qu'ils se profilaient au-dessus de moi.

— Calme-toi, fille. Je ne voulais pas t'affoler.

L'un d'eux, un roux avec les cheveux à ses épaules, se baissa et ramassa mon panier.

— Tu n'as pas besoin d'essayer pour faire peur aux femmes, Leif, grogna le deuxième guerrier. Ton visage les effraye assez.

Le roux, Leif, ignora son compagnon.

— Mes excuses.

Sa voix avait un étrange accent, mais une petite inflexion que je reconnus des Highlands, la zone montagneuse à plusieurs lieues du monastère.

Les mains tremblantes, je pris le panier et le serrai fort contre ma poitrine. Les yeux des guerriers balayèrent d'une façon flagrante ma silhouette, leurs regards admiratifs. Ils gardèrent leurs distances. S'ils bougeaient, je laisserais tomber à nouveau mon fardeau et filerais vers les portes de l'abbaye, une course que je perdrais sans aucun doute.

— Tu ne sembles pas trop effrayée ? demanda Leif en inclinant sa tête sur le côté.

Il avait un visage ouvert et honnête, une cicatrice marquant son menton et une alléchante bouche pleine.

Quand je secouai la tête, il montra rapidement un sourire arrogant.

— Tu vois, Brokk. Elle est courageuse, cette petite chose. Je parie que c'est ton affreux visage qui lui noue la langue.

Il me fit un clin d'œil.

Je rougis.

— Ne l'embarrasse pas, marmonna Brokk.

Il était aussi sérieux que son partenaire était amusé.

— Et manquer les belles couleurs qui colorent ses joues ? Comme le bourgeon d'une rose.

Quand Leif sourit à nouveau, je saisis un rapide aperçu de crocs. Ses canines étaient étrangement longues.

— Tu es charmante, fille.

Mes lèvres se séparèrent. Mon cœur papillonna follement, comme un oiseau pris dans les ronces.

Le deuxième guerrier éclaircit sa gorge.

— Leif pense qu'il a un style avec les femmes. Je ne le laisserai pas te garder longtemps, m'assura Brokk, bien que je reculai au mot « garder ».

Avec un bruit bas et apaisant, les guerriers bougèrent, m'encerclant. Je me retrouvai entre eux, la tête tendue vers le haut pour assimiler un visage austère et une figure souriante.

J'empoignai plus fort mon panier. Courir n'était plus une option, mais pour une quelconque raison, je n'étais pas effrayée. Mon corps se réchauffait encore plus, répondant à la chaleur émanant de leurs corps musclés.

— Puis-je vous aider, messieurs ? grinçai-je.

Ma gorge était sèche, mais je réussis à sortir les mots. Peut-être que si j'étais polie, ils me laisseraient partir.

— Vis-tu là-bas ? questionna Brokk en faisant un signe vers l'Abbaye.

Ses traits étaient davantage émoussés que ceux du charmant Leif, sa voix rauque, mais gentille.

— Oui, monsieur.

— Quel est ton nom ? demanda Leif.

— C'est Saule.

Ma réponse fut si légère qu'ils avaient probablement dû faire un effort pour l'entendre.

— Saule.

Leif roula mon prénom sur sa langue et je sentis un picotement entre mes jambes. Mes tétons palpitèrent.

— Saule, fit Brokk en écho et son visage s'adoucit, juste un peu.

La douleur dans mes seins augmenta et de l'humidité coula de mes lèvres inférieures.

Leif leva sa tête et inspira profondément. Brokk et lui me percèrent d'un regard, celui d'un prédateur contemplant sa proie désignée. Je chancelai entre eux, saisissant leur regard fixe brillant de jaune.

Mon désir scintilla de vie, suivi par de la peur.

— Je ne devrais pas être ici, lâchai-je. Je ne devrais pas vous parler.

Le moine nous avait mises en garde, mes sœurs orphelines et moi, sur les hommes étranges. Quand l'une de nous était attrapée à converser avec l'un du village, nous étions toutes punies.

De plus, le soleil se couchait. Il ferait bientôt nuit, et la soirée serait achevée par la pleine lune redoutée.

— Je dois vous laisser, chuchotai-je. S'il vous plaît.

Pendant un moment, je crus qu'ils ne me permettraient pas de partir, mais Leif recula alors, me donna un passage dégagé vers l'abbaye.

— Prends soin de toi, Saule, dit Brokk d'un gentil grognement.

— Nous veillerons sur toi, ajouta Leif. Assure-toi d'arriver à la porte saine et sauve. Après tout, il y a des hommes dangereux aux alentours.

Mon cœur fit un bond dans ma poitrine, mais il me fit seulement un nouveau clin d'œil.

Pendant quelques secondes, ses yeux semblèrent pulser d'une lueur dorée. Elle s'estompa, laissant un homme à l'apparence habituelle. Ordinaire, excepté son magnifique visage, son cou bien charpenté et ses beaux muscles étirant le justaucorps en cuir qu'il portait.

D'un petit hochement de tête, je gravis le reste du chemin vers la maison. Je n'osai pas respirer jusqu'à ce que la grande porte en bois se claque.

Le mur me supporta alors que je pressai une main sur ma poitrine, voulant que mon battement de cœur ralentisse. Je n'avais jamais eu une telle réaction à un homme auparavant, pas même pour Joseph, l'apprenti forgeron du village qui me souriait toujours. Je tendis mes mains et les observai trembler. Quelque chose chez ces guerriers, leurs yeux, leur façon de me regarder... mon corps bourdonnait, et mon le sang rugissait. Je ressentis que j'avais attendu toute ma vie pour rencontrer ces hommes.

Que m'arrivait-il ? J'aurais dû demander aux guerriers d'où ils venaient et quel était leur but. Ils ne m'avaient rien demandé, ou rien fait de plus que faire chauffer mes joues et pousser mon cœur à toute allure.

La lumière filtra au travers des fenêtres colorées audessus de moi, teintant mes mains de rouge. J'étais une idiote. Ma rencontre ne signifiait rien. Les guerriers étaient en voyage et avaient trouvé un bref divertissement en effrayant une fille maigrichonne. Aussitôt qu'ils rigoleraient de la rencontre, ils m'auraient oubliée.

Moi ? Je penserais à eux et brûlerais de désir pendant des jours. Mon corps était dément, une chose immorale.

Dans l'obscurité froide, je glissai le long du sol de pierre et traversai le sanctuaire, la tête baissée contre les marches de marbre des saints. Je visitai assez le temple pour qu'ils soient familiers. Parfaits et haut au-dessus de moi. Si j'étais une bonne fille, je ferais pénitence sur mes genoux pour avoir parlé à une telle paire d'hommes. Pour ce qui était des pensées que j'avais eues quand j'étais piégée entre leurs grands corps bien charpentés... il n'y avait pas assez de pénitence au monde.

Sur un coup de tête, je posai mon panier et approchai le portrait de la Mère Marie. La statue se tenait devant l'autel, son expression sereine et pure. Quand j'étais plus jeune, je prétendais qu'elle était ma vraie mère. Dernièrement, j'avais prié pour avoir des réponses, pour du soulagement face à la maladie dont je souffrais depuis que j'étais devenue femme. L'Église enseignait que la souffrance était le destin d'une femme. Même mes prières étaient immorales, la supplication désespérée d'une faible femme.

Pourquoi suis-je comme ça ? Combien de temps dois-je endurer ça ? demandai-je, mais il n'y eut aucune réponse sur le beau visage sculpté.

— Saule, m'appela une petite voix.

Une jeune femme sortit sans bruit de l'ombre. Sauge, mon amie la plus proche parmi toutes les orphelines. Elle et moi avions été amenées à l'Abbaye à peu près en même temps, et bien que mes cheveux soient noirs et les siens clairs, nous aurions pu être sœurs.

— As-tu fini ta commission ?

— Oui, répondis-je en gardant ma voix basse pour qu'elle ne fît pas écho dans l'espace caverneux.

J'avais demandé une fois aux nonnes pourquoi les saints se mirent à vivre dans une zone ouverte si belle alors qu'ils partageaient des lits dans un dortoir. Cela prit quelques séries de discipline avant que je comprenne. L'Église donnait du luxe uniquement aux riches et aux morts.

— Viens-tu aux Vêpres ? demanda-t-elle.

— Non, je ne peux pas. C'est presque la pleine lune.

Sauge hocha la tête. Elle endurait la même maladie que moi, bien que la sienne arrive occasionnellement, alors que la mienne empirait tous les mois.

— Voilà, me dit-elle en me tendant un mouchoir enveloppé autour de quelques biscuits d'avoine.

Les nonnes ne nous autorisaient pas à manger si nous ne nous rendions pas aux prières, mais je devais être prête et éloignée pour souffrir en silence avant que la lune ne se hisse dans le ciel.

— Je dois encore rendre visite au moine, dis-je en faisant un geste vers le panier que j'avais rapporté pour lui.

— Je le ferai, dit Sauge en le ramassant.

— Il a été grincheux depuis que Noisette a disparu.

— Ça va, rassura Sauge en levant son menton.

Sans un mot, je soulevai sa manche et y examinai les contusions. Les marques pouvaient uniquement être causées par la prise d'un homme sur son fin bras pâle. Je sus qu'il y en aurait davantage sur ses jambes, mais elle détesterait plus ma pitié que le contact illicite du moine.

— Le commerçant nous a fait un prix correct pour les herbes, l'informai-je en relâchant sa manche. Il veut davantage de teinture que tu as faite pour le mal de dos.

Avec un sourire serré sur son adorable visage, Sauge acquiesça et s'éclipsa. Je priai à nouveau, cette fois en espérant que le religieux serait content avec les gains qu'elle apportait. La laine et les tissages que les pupilles filaient, et les produits que nous moissonnions étaient nos moyens de payer, bien que le moine identifie toujours un défaut. Sauge était la favorite du religieux. Il préférait les filles jeunes et blondes. Que Dieu soutienne les filles très jeunes si jamais il se fatiguait de Sauge.

Je me moquai de ma propre blague. J'avais vécu assez longtemps dans cette abbaye pour savoir que Dieu n'aidait pas les orphelines.

Un soleil rouge sombra dans le ciel alors que je me dépêchai à travers les jardins. Les nonnes chantaient. Quand j'étais plus jeune, j'avais fermé les yeux et imaginé que ma mère chantait pour moi. Un joli rêve, parce qu'elle m'avait donnée aussitôt que je fus née.

Je glissai derrière les buissons de mûrier et crochetai la serrure d'un vieil abri de jardin. À l'intérieur, derrière quelques tonneaux utilisés pour teindre du tissu, Sauge et moi avions enveloppé une chaîne et un lot de menottes autour d'un grand rocher. Dans quelques minutes, je m'attacherais là et attendrais que la fièvre prenne mon esprit.

La cabane était installée à l'arrière des bois, près d'un ruisseau gargouillant. Les bruits de la forêt étaient suffisants pour couvrir les gémissements qui échappaient ma gorge quand la fièvre atteignait son sommet. Personne ne devait être à l'extérieur dans les jardins si tard, mais juste au cas où, Sauge ferait de son mieux pour garder quiconque à distance.

Je posai les biscuits d'avoine, trop nerveuse pour manger. Je devrais m'agenouiller et prier. À la place, je fis les cent pas. Au cours des quelques prochaines heures, mon corps s'empourprerait avec la chaleur. L'humidité fuirait de ma partie inférieure. Je m'attacherais d'une façon à ne pas pouvoir me toucher. La douleur deviendrait insoutenable, mon esprit serait tourmenté de rêves de mains sur mon corps, caressant ma chair. Au matin, Sauge viendrait et me libérerait de mon sommeil enfiévré.

Mon corps vibrait déjà, l'excitation qui résultait de mon bavardage avec les guerriers plus tôt. Le simple fait de penser à eux causa l'éclatement de la ferveur en moi, une chaleur palpitante laissant un léger picotement d'humidité entre mes jambes. La première étincelle qui tournerait en braise et allumerait le feu qui deviendrait ensuite une ardente fournaise sous le regard fixe de la pâle lune.

Un jour, j'aurais le courage de parler à un homme et flirter avec lui comme l'avait fait Leif avec moi. Nous nous glisserions dans la forêt et presserions nos corps de concert, ses grandes mains avides et possessives sur ma peau. Après coup, nous nous allongerions ensemble sur le sol des bois, enroulés si proches que des pétales sur un bouton de rose.

D'un soupir, je ramassai les menottes. Le fer froid piqua mes mains.

Un tintement de métal me fit m'immobiliser. Le son ne venait pas des menottes que je tenais, mais de l'extérieur. Quelqu'un était venu jusqu'à ma cachette.

J'attendis, retenant mon souffle, mais personne ne fit irruption dans la hutte. Le religieux était devenu plus bourru et suspicieux depuis que notre consœur orpheline Noisette, avait disparu. Elle était tout juste entrée en chaleur et était assez brave pour le défier. Nous avions supposé qu'il l'eût vendue à un mari, mais personne ne savait réellement. Le moine avait frappé Sauge quand elle avait eu le courage de demander.

La lueur du crépuscule brillait au travers des fentes de la cabane. La tombée de la nuit arrivait. Si j'étais attrapée maintenant, je pouvais mentir que je cherchais un tonneau pour la teinture. Après avoir posé les menottes, j'ouvris la porte avec facilité, fis un pas dans la soirée faiblement éclairée et m'immobilisai.

Des rangées de guerriers s'approchaient de l'abbaye. Ils bougeaient avec peu de bruit. Ils avaient tous des armes, des haches ou des dagues à leurs ceintures. La lumière mourante montrait leurs mains libres.

Je rassemblai mes pensées pour hurler. Une main rugueuse se ferma sur ma bouche. Je lâchai un cri étouffé.

— Bonjour, Saule, grinça une voix dans mon oreille.

Incrédule, je m'immobilisai. La voix et les bras fermes me menottant appartenaient au guerrier roux. Son ami aux cheveux noirs se tenait à côté de lui, un air sombre sur son visage.

— Sors de là, dit Brokk en faisant un mouvement brusque de la tête.

Mes protestations étouffées par la grande main de Leif, je donnai des coups de pied et luttai autant que je le pus. C'était inutile. Le guerrier me ramassa facilement, les bras encore fixés autour de moi, et me traîna dans les bois.

— Reste calme maintenant, fille, chuchota-t-il à mon oreille alors que des mèches auburn chatouillaient ma joue. Tu es en sécurité à présent. Le danger arrive à l'abbaye, mais nous ferons sortir tes amies.

Mon front se plissa. Du danger ?

Quelle raison avaient les guerriers endurcis pour attaquer

un monastère rempli d'innocentes filles et femmes ? Est-ce que le moine avait escroqué quelqu'un et s'attirait la colère d'un chef ? Qu'arriverait-il à mes amies ?

Ma lutte fut futile. Les guerriers me portèrent dans les bois, assez éloignés pour que les arbres obscurcissent ma vue de l'abbaye, sa tourelle brillant de la dernière lumière du jour. Je devins flasque contre lui. Il ne m'avait pas amenée si loin pour que je ne puisse pas encore m'échapper et prévenir Sauge. Elle serait dans le dortoir maintenant, lisant aux petites ou peut-être présentant une chope de bière à boire au moine. Avec un peu d'espoir, il serait ivre pour la nuit. Aux alentours de minuit, elle s'éclipserait pour s'assurer que je me sentais bien. Elle ne me trouverait pas. D'ici là, elle serait également emmenée.

La poitrine serrée, je sanglotai contre la main de Leif.

— Shh, fille, tout va bien, dit-il en me posant, mais il me garda fixée contre son large poitrail. Vous êtes en danger. Les autres femmes-spae et toi. C'est la raison pour laquelle nous sommes venus vous sauver.

Je laissai mes yeux se fermer et mes jambes pendre comme si je m'étais évanouie. Leif me soutint, mais quand il essaya de me retourner en une étreinte moins bizarre, je me délivrai de ses bras.

Après quelques pas, il m'attrapa rapidement une nouvelle fois. Je devins folle, me débattant pour tenter de me libérer. Pas pour moi, j'étais capturée et condamnée, mais si je pouvais m'approcher assez de l'abbaye et crier assez fort pour prévenir Sauge et les autres...

— Oh non, tu ne le feras pas, grogna Leif, me soulevant à nouveau.

Sa grande main se ferma autour de mon cou. Il pressa pour m'avertir, et bien qu'il ne coupât pas mon air, ce fut suffisant pour me faire taire. Brokk rôda près.

— Mets-la à terre. Vite. Attache-la. Nous ne pouvons pas

risquer de prévenir les gardes qui pourraient être à proximité.

— Reste calme, dit Leif en me secouant. Tu n'es pas en danger aussi longtemps que tu obéis.

Il m'épingla sur mon ventre sur le sol de la forêt, tenant mes poignets dans le creux de mon dos. Avant que je ne puisse hurler, Brokk coinça quelque chose dans ma bouche.

— Ça ne se déroule pas de la façon que je souhaitais, marmonna Leif.

Je haletai et criai alors qu'ils finirent de m'attacher. Leif s'assit, me prenant dans ses bras.

— Voilà. Tu es en sécurité maintenant.

Je le fixai. Ce qu'ils avaient utilisé pour me bâillonner avait un goût plus amer que le cuir. Un grognement sonna dans ma gorge. Une fausse bravade, le reste de mon corps tremblait.

— Tu vas me combattre, Saule ? taquina le guerrier en retirant les cheveux de mon visage avec une gentillesse surprenante.

Je m'agitai, m'enlevant de son contact.

— Suffis, commanda Brokk, s'accroupissant près.

Son ordre fut suffisant pour m'immobiliser.

— Nous ne t'autoriserons pas à te faire du mal.

Quelque chose dans son ton et son regard me prévint de bien me comporter.

— Nous ne sommes pas là pour te faire du mal, répéta Leif.

Je clignai des yeux vers eux. J'étais ligotée et bâillonnée, et tremblante. Une jeune vierge capturée dans les bois par deux guerriers. Mes membres étaient engourdis, ma peau couverte de chair de poule. Je portai une légère robe d'été et il y avait une fraicheur dans l'air. Étrange pour une nuit tardive d'été.

— Tu voudras savoir pourquoi nous sommes ici, inter-préta Leif. N'aie pas peur. Tout sera révélé.

Un cri transperça le silence de la nuit. Il venait de l'abbaye.

— Mince, mince, s'exclama Leif en me relevant.

— J'y vais, lui dit Brokk, alors qu'il partit en courant.

J'enfouis mes pieds dans la boue, mais Leif me souleva pour me déposer par-dessus son épaule. Sa main fessa mon cul quand je commençai à lutter à nouveau.

— Pas de ça maintenant, dit-il.

Je fus de nouveau molle, le combat ayant quitté de mon corps. M'efforçant de lever la tête, je ne pus que regarder alors que Brokk et les autres guerriers avancèrent pour attaquer ma maison.

* * *

Capturée par les Berserkers

LIVRE GRATUIT

Obtenez un livre secret sur les Berserkers, Imprégnée par les Berserkers (seulement pour les extraordinaires fans de la liste d'emails de Lee) Pour commencer, rendez-vous ici…
https://geni.us/BredBerserkerFR

LA SAGA DES BERSERKERS

Vendue aux Berserkers
Unie aux Berserkers
Imprégnée par les Berserkers (disponible seulement pour les
extraordinaires fans se trouvant sur la liste d'envoi de Lee
https://geni.us/BredBerserkerFR)
Prise par les Berserkers
Donnée aux Berserkers
Revendiquée par les Berserkers
Sauvée par les Berserkers
Capturée par les Berserkers
Kidnappée par les Berserkers
Liée aux Berserkers
La Nuit des Berserkers

L'Héritage des Berserkers
Possédée par les Berserkers

Apprivoisée par les Berserkers
Maîtrisée par les Berserkers

LES GUERRIERS BERSERKERS

Ægir (auparavant intitulé *Le Loup de Mer*)
Siebold

À PROPOS DE L'AUTEUR

Lee Savino a l'intention de conquérir le monde, mais la plupart du temps, elle n'arrive même pas à trouver ses clés ou son téléphone, alors elle préfère encore rester chez elle et écrire des romances smexy (smart + sexy). Elle adore le chocolat, passe sa vie en pantalon de yoga et porte les chapeaux comme personne.

Pour de bonnes tranches de rigolade, rejoignez son groupe sur Facebook en anglais, Goddess Group, ou rendez-vous sur **https://geni.us/BredBerserkerFR** pour vous inscrire à sa news-letter et recevoir un livre gratuit.

Site web : www.leesavino.com
Facebook Goddess Group :
https://www.facebook.com/groups/LeeSavino/

TOUJOURS PAR LEE SAVINO

Romance contemporaine

Bad Boy Royal

Je ne suis pas du tout en train de tomber amoureuse de mon arrogant et agaçant dieu du sexe de patron. Non. Absolument pas.

Royally Fake Fiancé

Le duc de Nouvelle-Arcadie a un problème d'image que seule une fiancée peut régler. Et je suis la petite veinarde qu'il a choisie pour jouer les Cendrillons.

La belle & les bûcherons

Après cette saison au camp des bûcherons, j'arrête complètement de baiser. Parce que : j'ai mes raisons.

Papa à moi

Mon héros marin sexy veut que je l'appelle « papa »…

Romance paranormale

La Saga des Berserkers

Vendue aux Berserkers

Rien ne pourra empêcher ces féroces guerriers de revendiquer leur compagne.

Alpha Bad Boys

Le Tentation de l'Alpha avec Renee Rose

Mon loup veut la marquer et en faire sa compagne, mais elle est humaine et délicate : elle ne survivrait pas à une morsure de métamorphe.

COPYRIGHT DU TEXTE